シングルマザーに恋した情熱パイロットは、過保護な独占愛を隠せない

m a r m a l a d e b u n k o

宇佐木

marmalade bunko
マーマレード文庫

目次

シングルマザーに恋した情熱パイロットは、過保護な独占愛を隠せない

シングルマザーに恋した情熱パイロットは、過保護な独占愛を隠せない

1. 春の出会い

「枡野《ますの》さんが好きです。ずっと気になってた。あなたの笑顔を近くで見ていたい」

自分の鼓動が、こんなにもうるさく聞こえることがあっただろうか。

油断したら表情から気持ちから、なにもかも緩《ゆる》んでしまいそう。

私は掴《つか》まれていた手をスッと後ろに引き、彼の手から逃れた。

「本当にすみません。白藤《しらふじ》さんのような素敵な方からの好意をお断りするなんて」

下を見たまま動かぬ私に、彼は変わらず心地いい声音で問う。

「素敵か……。そんなふうに言ってくれるのに、受け入れられないのはなぜ？　ぜひ聞かせてほしい。じゃなきゃ、改善することもままならない」

「……白藤さんは、私にはもったいないほど完璧で魅力的だと思ってます。だからこそ、複雑な環境にいる私ではなくて、ほかにもっと幸せな未来を歩んでいけるお相手を選ぶべきなのではないか、と」

そこまでどうにか口にして、そろりと彼の顔を窺《うかが》う。視界に入った彼の熱い眼差《まなざ》しに、小さく肩を揺らした。

再び深く俯《うつむ》くと、今度は両手を握られる。

「悪いけど『ほか』なんていない。俺にとって、ふたりの代わりはいないんだ」

想像の上をいく言葉に、胸を打たれた。

私の心は大きく揺れ動き、なかなか言葉が出てこない——。

＊＊＊

四月一日。私は小さな手をしっかり握り、少し遠回りをして散策路を歩く。

「ほら見て、航真《こうま》！　今日も桜がすごいね」

庭園内に植えられた約七十本の桜を眺め、自然と口角が上がる。

「ほんとだー、すごいね。たくさんだねー」

まだ重心が頭にありそうな四歳の航真は、自分の身体が後ろに倒れそうになることにも気づかず、桜の木を仰《あお》ぎ見た。

私が慌《あわ》てて背中を支えると、航真は楽しそうにきゃっきゃと笑う。

私、枡野奈子《なこ》は二年前から航真と暮らし始め、それからずっと、育児と仕事に奮闘《ふんとう》する日々を送っている。

なぜ二年前からかというと、その年に航真の両親――私の姉夫婦が、交通事故で世を去ったためだ。

ちょうど桜が満開になったとニュースで報道していた、あの日。

姉夫婦が揃《そろ》って保育園へ航真を迎えに行く途中の出来事で、飲酒運転が原因の事故だった。航真は突然両親を失ったのだ。

それから、姉夫婦を失った悲しみに嘆くまもなく、私は航真の今後を考えることとなった。

姉の夫の両親は高齢で、さらにお父さんは、持病を持っていて定期的に通院をしていた。ときどき病状が悪化して入院することもあるのを憂慮《ゆうりょ》して、航真の祖父母は航真を引き取ることは難しいと、苦渋の決断をした。

そして、姉と私の両親――うちの実家はどうかというと、母はすでに病気で他界しており、事故当時、父は再婚をしていた。母が亡くなった数年後の、私が社会人になってからのことだ。現在も再婚したその女性と、その子どもと暮らしている。

そんな父からは、『今暮らしている子どもの面倒を見るので精いっぱいだ』と申し訳なさそうに連絡が来て、航真の行き先は振り出しに戻ったのだ。

そもそも、義母は私や姉と積極的に交流を図ろうとする人ではなかったから、そういう環境下で航真が生活するのは不安が残るとは思っていたけれど。

そうした親族間の話し合いの流れで、航真は養護施設へ……と決まりかけていたときに、私が航真の引き取り役に立候補したというわけだ。

私は姉と、十歳離れている。幼少期は、姉を母親と同じくらい頼り、いつも甘えていた。父が再婚したときも、寂しいと思わなかったのは自分が大人だったからというだけでなく、姉がいたから。

やさしい姉は、自分が結婚したあともしょっちゅう私に声をかけてくれた。

そうして私は、義兄《あに》と航真と一緒に食事をしたり、ときにはお出かけも同行させてもらったりしていたのだ。

そんな大切な存在だった姉の子どもであり、私の甥《おい》でもある航真の人生がかかった大事な選択。姉夫婦の代わりに私が航真を幸せにしなければ——と奮起《ふんき》するのは、至《し》極《ごく》当然の感情だった。

幸い私は頻繁《ひんぱん》に遊びに行っていたのもあり、航真も懐《なつ》いてくれていた。それに、私の仕事は保険外交員。子育てをしながら働いている人も多くいる。自分次第で、子どものいる生活スタイルにスケジュールを調整することが可能な環境下にいたのも、その決断の後押しをした大きな理由だった。

血の繋がった大事な甥とはいえ、ひとりの子どもを引き取り育てるという決断は、大きな責任を伴う。それでも――。

私は覚悟を決めて手を挙げたのち、幼い航真に直接話をした。

『私も航真のママになってもいい？　航真の本当のママは……すごく遠いところに行ってしまったから。私が二人目のママになって、ふたりで暮らすのはどうかなあ？』

まだそこまで言葉も多くない時期の航真に、酷《こく》なことを聞いているのは重々《じゅうじゅう》承知していた。半分でも理解してくれたら十分だった。

すると、幼い航真は二歳とは思えぬ神妙《しんみょう》な顔つきで私をじっと見つめたあとに、こくんと頷いた。

驚きを隠せない私に、航真はニコッと笑ったのだった。

それから、約半年間でいろいろな手続きを終え、航真と私は普通養子縁組という制度のもと、晴れて親子になったという経緯《けいい》がある。

「ほら。真上を見るのは危ないよ。怪我《けが》したら保育園に行けなくなっちゃう」

「やだ！　もう保育園に行こう、おかあさん」

すると、航真はさっきまで目を輝かせて見上げていた桜に目もくれず、小さな身体で私の手を力強く引いて走り出した。

航真は姉のことを『ママ』と呼んでいた。そして、最近では私のことを『おかあさん』と呼んでくれる。

私たちが法的に親子となった際に、一応航真に伝えてはいた。

『ママ』は航真にとって姉ひとり。そして、航真もそう思い続けていていいんだよ、と。まだ三歳になったばかりの航真に、私の言葉の意味を全部は理解できなくても、どうしてもそれは話しておきたかったのだ。

すると、航真はいつしか私を『おかあさん』と呼ぶようになった。

もしかしたら、航真は私が前に言ったように私を『二人目のママ』として受け入れてくれたのかもしれない。そんなふうに思うと、その呼び方ひとつでとても心が温かくなり、小さな航真の気持ちを想像して胸が震える。

保育園に着くと、航真は靴を履《は》き替えて私を振り返る。

「じゃあね、おかあさん。おしごと、がんばって」

「うん。ありがとう。行ってきます」

教室に向かっていく小さな後ろ姿を見送りながら、航真のサラサラヘアを愛しい思いで眺める。

あの髪質は、きっと義兄似。私も姉も少しくせのある髪質だから。

もしも今、姉夫婦が生きていたら、『航真はお父さん似だね』って笑い合っていたのかもしれない。

私はあふれる感情をグッと堪《こら》え、笑顔で航真に手を振った。

そうして航真が見えなくなったあと、玄関横の壁にある鏡で自分のショートボブの髪を整え、保育園を出た。


私の勤務先――通称〝拠点〟は、丸《まる》の内《うち》駅からすぐ近くのビル。

社員総数、約七万人の日本大手生命保険会社『心安《うらやす》生命』。その東京支社がここ。七階まであるうちの、三階から最上階までが我が社のフロアだ。

私の部署は四階にある。自部署の扉を開くと、ちょうど目の前にチームリーダーの小松《こまつ》さんがいて、挨拶《あいさつ》をした。

「おはようございます」

「おはよう、枡野さん。あれからお子さんの体調は大丈夫?」

小松さんは私の顔を見るなり、心配そうに眉根《まゆね》を寄せて言葉をかけてくれた。

実は先週末の金曜日に、航真が熱を出したと保育園から連絡が来ていたのだ。

「はい。幸いこの土日で元気になりました。今日もすっかりご機嫌で、保育園へ走っていったんですよ。ご心配とご迷惑をおかけしました」

「迷惑なんてお互い様だから。気にすることないよ。チームみんな同じじゃない」

小松さんはさらっとそう言って、ミディアムストレートの髪を耳にかけて笑った。

彼女は二十七歳の私より五つ年上で、結婚していてお子さんもふたりいる。上が小学四年生、下が小学一年生の姉妹だと聞いている。

航真より年齢が上とはいえ、まだ小学生の子どもをふたりも育てながら、チームリーダーにまでなってバリバリ働いている姿は眩《まぶ》しくて、私の目標だ。

すると、もうひとり別の女性がこちらにスッとやってきた。

「そうですよー。うちもこの間、急な病気で皆さんに助けてもらいましたし」

彼女は私の一歳年下の花川《はなかわ》さん。今三歳のお子さんの育児中だ。

「ありがとうございます。本当、ここで働いてなかったら、私も子育てしながら仕事するのは難しかったと思います」

「わかります！　仕事は大変ですけど、環境がいいですよね、このチーム。それにシンママは、なおさら大変そうですよ！」

花川さんが真剣な顔で私を労《いたわ》ってくれる。

彼女は私と航真の関係を正しくは知らない。単純に、私をシングルマザーだと思っているのだ。

私が航真の本当の親ではなく養親であることを知っているのは、チーム内では小松さんだけ。あとは、私がシングルマザーだということで通している。もっとも、〝シングルマザー〟には相違ないから、日常の会話でも困ることはほとんどない。一般的にあまり身近ではない事情を、わざわざ公《おおやけ》にする必要はないかと考え、小松さんがそれに賛同してくれて今に至る。

そうこうしていると、部長が姿を現した。朝礼が始まり、気を引きしめる。

「今日から四月、新年度です。目標達成に向けて気持ちを新たに頑張りましょう」

部長の言葉や、商品について十分程度の学習、それからチームそれぞれ分かれて目標の確認を行う。約三十分の朝礼が終わると、すぐに今日の準備に取りかかった。

私は新卒で心安生命に採用され、今年で六年目。

毎日、目が回るほど忙しい。けれども、さっき小松さんたちとも話していたように、この仕事はうまくスケジュールを組めば自由に時間を使えるので、子育てするにはもってこい。なにより、周りの人たちがとても理解があって働きやすい。

当初この仕事を選んだのは子育てを見据えて……というわけではなく、母が亡くなった際に親身《しんみ》になってくれた保険外交員の女性に影響を受けて決めたものだった。しかし、今となっては、我ながらいい選択をしたと思っている。

航真《こども》に合わせたスケジューリングが可能で、さらに毎月のインセンティブ制度——簡単にいうと目標を達成すれば、成果ボーナスがもらえるのだ。

基本給に加え、さらにボーナスをもらえたら、航真にも必要なものを用意してあげられるし、遊びにも連れていける。自分の将来のための貯蓄にも少しずつ回せる。

航真には、姉夫婦が亡くなった際の保険金がある。けれど、それは航真が大きくなったときに使えるように、できる限りそのまま渡したい。

それから、作りかけの資料を仕上げたり商品パンフレットを補充したりして、あっという間に一時間経ち、午前十一時すぎ。

私はずっしりと重いバッグを肩にかけ、チームの人たちへ声をかけた。

「職域《しょくいき》行ってきます」

「行ってらっしゃい」

みんな忙しいのは一緒なのに、声をかければ全員が手を止めこちらを見てくれる。

笑顔を返して部署をあとにし、エレベーターに乗った。

『職域』とは、ざっくりといえば担当する企業のこと。

職域への業務内容は定期的な訪問。それと、その企業内にいる契約者の方に用件を伝えたり、御用があれば出向いたりする感じだ。

職域訪問は基本的に昼休みをめがけて伺うことが多く、その他の時間は個人の顧客への連絡や、案内をローテーションで行うのが大抵の流れ。さらに、職域、個人にかかわらず、合間を縫って新規開拓《かいたく》も試みる。

個人の顧客は二百名くらい担当しているため、それらの業務を毎日繰り返していると、一日があっという間で時間が足りないくらいなのだ。

拠点を出て、電車などを乗り継ぎ、三十分ちょっと。

頭の中でこのあとの予定を確認していると、すぐ目的地に到着した。

たどり着いたのは、国内大手航空会社『NIPPON Wing Connect』――『NWCホールディングス』内のエアライン事業部。つまり、ここは日本の巨大空港だ。

私の職域は、NWCホールディングスエアライン事業部と、同じくNWCホールディングスのグループ企業で小型飛行機などの運行業務をする『NWCバーズ』の二社。

どちらも空港ターミナル内に事務所があり、月に一回以上は空港に通っている。

私はNWCグループ系列のオフィス入り口前で足を止め、呼吸を整えた。

実は、ここは昨年末にご主人の転勤により退職していった前任者から引き継いだばかり。そのため、まだ慣れておらず緊張する。

入館の受付をし、ネックストラップの通行証を首から下げて中に入る。エアライン事業部オフィス内にあるオペレーションセンターに着くと、ノックをして明るい声を意識し、挨拶した。

「心安生命の枡野です。矢田部《やたべ》様は……あ、こんにちは！」

オペレーション統括部長の矢田部さんは、五十代前半の男性だ。

彼はこのエアライン事業部の中枢部を取りまとめる立場の人で、ここへ来るときは基本的に矢田部さんを訪ねることにしている。

「いつもお忙しいところすみません。四月になったので、新しいジャーナル誌をお持ちしました。どうぞ」

矢田部さんの席へ向かうなり、手早くバッグから雑誌を数冊取って差しだした。

そのジャンルは金融ジャーナル誌や、料理雑誌、健康雑誌といろいろだ。

自分の仕事に直接繋がらない内容のものであっても、こうして定期的に顔を合わせて言葉を交わすきっかけになればいい。訪問をする際に毎回堅苦しい話ばかりでは仕事の幅も広がらず、関係性もビジネスライクのまま、機械的な関わりになってしまうから。

「ああ、ありがとう」

矢田部さんは笑顔で雑誌を受け取り、デスクに置くと改まって私を見上げた。

「枡野さん。実はお願いがあってね」

「はい、どのようなご要望でしょうか？」

「新年度ということで〝お金の基本講座〟をまた開催してもらえないかな？　前にお願いしたときに、新入社員に好評だったんだよね」

前任者から聞いていたことだったため、戸惑《とまど》うことなく返答する。

「もちろん承ります」

私たち保険外交員の中には、ファイナンシャルプランナーの資格を有する者もいる。ファイナンシャルプランナーは金融や保険だけでなく、ライフイベントなどにおけるお金の流れや投資などの相談などに詳しいとされる。

その特技を活かし、企業で『マネーセミナー』『ライフプランセミナー』などと銘《めい》打《う》って、勉強会を開催したりする。

そういう企画を提案して企業の管理職の方とも、その部下の方とも距離を縮めつつ、役立ちそうな情報や、必要に応じて商品を勧めるという流れだ。

かくいう私も、先日ようやく二級に合格できた。

「前任者より、きちんと引き継がれておりますので、ご安心ください」

「そう？　よかったよ。じゃあ、日程について候補日をメールするから」

「かしこまりました」

私は笑顔でお辞儀《じぎ》をする。長居するのは邪魔になるため、失礼しようかと思ったときだった。

「不躾《ぶしつけ》だけど、枡野さんってご結婚されてる？　お子さんとかいたり……」

急な話題でびっくりした。でも、矢田部さんは初めて挨拶を交わしたときから、紳士的な人だという印象だった。今も私生活を探ろうとしているわけではなさそうだ。

「息子がひとりいます。今度五歳になるのですが」

「それはちょうどよかった」

なにに『ちょうどよかった』のかがピンと来ず、首を傾《かし》げる。すると、矢田部さんはデスク上のブックスタンドの間から、クリアファイルを取り出す。そしてＡ４プリントを一枚、こちらに差しだした。

私は両手で受け取り、紙面の文字をゆっくり読み上げる。

「訓練ベース見学ツアー？」

「そう。小学校低学年まで申し込みできるよ。うちの訓練施設で子ども向け見学ツアーというのを毎年やってるんだけど、もう参加したことあったかな？」

「いえ。ありません。息子は乗り物全般好きなので喜ぶと思います」

航真はよく姉と『のりものずかん』や乗り物の動画などを見て楽しんでいた。その名残《なごり》は今も健在。休日に電車に乗って出かけたりすると、すごくうれしそうだ。

「予約制先着順でね。よかったら応募してみて。たぶんまだ空きはあると思うから」

「予定を確認してみます。お声がけ、ありがとうございます」

そうして、私は矢田部さんに挨拶をしてエアライン事業部をあとにする。

次の訪問先へ移動する合間に、チラシでイベントの日程を確認して仕事がないことがわかると、すぐに申し込みをすませた。


三週間後。イベント当日は快晴だった。

外でお昼ご飯を食べたあと、航真を連れて空港近くのＮＷＣ訓練施設を訪れた。

施設入り口の前で、航真は足を止めて空を仰ぐ。

「うわあ！　ねえ、すごい！　めっちゃ大きい音！　ヒコーキもおっき～い」

まるで青空を泳ぐように、旅客機が私たちの真上を通っていく。手を伸ばせば届くと錯覚《さっかく》しているのか、航真は懸命《けんめい》に両手を伸ばし興奮しきり。

考えてみたら、空港に連れていったこともない。航真がこんなに近くで旅客機を見るのは、生まれて初めてなのだろう。

「ヒコーキにのったら雲にさわれるー？」

「さわるのは難しいな……。でも、窓から見えるときもあるよ」

「えー。見てみたいな～」

手を繋いで歩く航真が、頬を紅潮《こうちょう》させて夢を膨《ふく》らませている姿にほっこりする。

施設に入り受付をすませ、パンフレットや入場プレゼントを受け取る。プレゼントは、子ども用の頭に被《かぶ》るお面みたいなもので、制帽を模《かたど》った紙で作られている。

航真はうれしそうにそれを被り、順路に沿って進んでいった。

飛行機整備作業を見学したり、シミュレーション訓練で使用するコクピットに乗せてもらえたりと、航真はずっと楽しそう。

ひと通り体験させてもらったあとも、航真はフリースペースの中央に展示されている飛行機模型に夢中になっていた。そこで、ふいに声をかけられる。

「枡野さん、こんにちは。参加者名簿を見て、いらしてるんだなと思って。お会いできてよかった」

振り返ると、そこにいたのはスーツ姿の矢田部さんだった。

「矢田部様！　こんにちは。今回は素敵なイベントをご案内いただいてありがとうございます。おかげで息子もずっと喜んでいました」

私が航真へ視線を送ると、矢田部さんも航真のほうを見てにっこりと笑った。

「ああ、本当ですね。喜んでもらえたならよかった」

航真は相変わらず模型に夢中だ。

それから私は矢田部さんと話し込んだ。仕事の話が半分、雑談が半分といった感じだった。会話が途切れたところで、さりげなく腕時計を見る。矢田部さんに声をかけられてから十五分くらい経ち、今はもうすぐ午後四時になるところ。

「あっ。もう終わりの時間ですよね？　航真、そろそ……ろ」

周りを見れば、話し込む前までは人がたくさんいたのに、今では親子が二組だけ。さっきまで、ベルトパーティションに触れるギリギリまで近づいて見入っていたはずの航真も姿が見えない。私は慌てて模型の周りを速足で歩きながら、航真を探す。

「航真ー？　……航真！」

いくら夢中になっていたとしても、すっかり静かになった室内で名前を呼ばれれば気づくはず。だけど、返事もなければやっぱり姿もない。

矢田部さんも一緒に探していてくれたらしく、神妙な面持ちで謝られた。

「見当たらないですね。すみません、わたしが話し込んでしまったばかりに」

「いえ。私、別の場所を回って探してみます。すみませんが、これで……」

「いや、わたしも探します。見つかったらすぐ携帯に電話しますから。あ、でも今日は仕事用の携帯は」

「今日も持っています。なにかあったら、お知らせくださると助かります」

私は矢田部さんの前では冷静を心がけ、頭を下げた。

別行動になり、ひとりになった途端、必死になって航真の姿を探す。

「航真！　いたら返事してっ」

あんまり大声を出せば、まだ残っているお客様にも不安感を与えてしまいそうだったから、大事に思われない程度に声を出した。

きっと施設内にはいるはず……というか、いてほしい。勝手にひとりで外に出ることはしない。だけど、もしもなにかあったら……誰かに連れ去られでもしたら……。

心配な気持ちが一気に大きな不安に変わって、平常心を奪われる。焦りが抑えきれず、今にも泣きだしたくなった。

不安に押しつぶされそうになっていたとき、奥に続く廊下の手前に置いてあった立ち入り禁止のボードが目に留まる。

もしかしたら、この先へ進んでいったかもしれない——。

ふとそう感じ、ＮＷＣの社員さんを探した。偶然にも、近くへやってきたＮＷＣの男性がいて、声をかける。事情を説明し、その男性と一緒に立ち入り禁止の奥へ向かうこととなった。

先導してくれるその人は、装《よそお》いからいってパイロットに違いない。肩章の線の数が四本……機長だ。

廊下を進むも静かな雰囲気。ここにはいなさそうだと落胆《らくたん》しかけた、次の瞬間。

「おにいさん、あとここをこうして、ウラをおったらできあがりなんだよ」

聞き馴染《なじ》みのあるまだ高い男の子の声に、私は思わず小走りで向かった。

数メートル先にあった一室に勢いよく飛び込むと、机に向かっておりがみを折っている航真と目が合った。

「航真っ」

「おかあさん。見て、もうすぐこれね」

航真の話もまともに聞かず、言葉を遮り両手で頭を抱き寄せた。

自分の腕の中に確かに航真の存在を感じると、大きく息を吐いてゆっくり距離を戻す。航真の目を覗《のぞ》き込み、厳しく言い放った。

「勝手にいなくなったらだめでしょう！」

私のただならぬ雰囲気を察したのか、航真は途端に目を潤ませて小声で返す。

「……はい。ごめんなさい」

ほっとして脱力すると、心に余裕もできる。すると、航真ばかりが悪かったわけではないと気づき、私も謝った。

「うん……。心配した。お母さんもごめんね。話に夢中になっちゃってたよね」

そうして、まずはここまで付き添ってくれていた機長にお礼を言う。

「ありがとうございます。無事に見つかりました。ご迷惑をおかけして、本当に申し訳ございません」

「いえいえ、見つかったならよかったです。というか、白藤！　なにを悠長《ゆうちょう》に一緒に遊んでいたんだ！　まずは保護者の方を探すべきだろう！」

機長に『白藤』と呼ばれた男性を、初めてまともに見る。

案内してくれていた機長は改めて見ると、矢田部さんよりも少し若めに見えた。おそらく四十代半ばから後半。そして、航真と一緒にいてくれた白藤さんは、私と同じくらいの年代に映る。

マッシュショートスタイルの黒髪。前髪は分けられていて、さわやかな印象だ。その人は、顔立ちも美しく整っているうえ、頭が小さく九頭身くらいありそう。

彼もまたパイロットの制服を着ていて、肩章は三本のライン——副操縦士だった。

白藤さんは、百八十五センチ以上ありそうな長身の背中を丸め、申し訳なさげに謝罪をする。

「梶《かじ》さん、すみません。そう一度は声をかけたのですが、コウマくんがこのおりがみを折ってからと言うので、つい」

「ついって、あのなあ」

「あの申し訳ありません。この子が言いだしたことみたいですし、それ以上は……」

居《い》た堪《たま》れなくて口を挟んでしまう。白藤さんは完全にとばっちりなのに。

機長は私に気遣《きづか》って、それ以上白藤さんを叱責《しっせき》することはしなかった。

しかし、白藤さんは私に向かって腰を九十度に曲げる。

「いえ。判断を誤りました。申し訳ございません」

「そんな、こちらのほうこそ！　息子と遊んでくださってありがとうございました。このおりがみも、あなたがくださったのでしょうか？　いろいろとすみません」

私も迷惑を詫《わ》びているところに、航真がはつらつとした声で割り込んできた。

「おにいさん、できたよ。見て！」

航真の手には、おりがみで作った小さな紙飛行機。できあがりのサイズがいつもよりも小さいところを見ると、おりがみ自体小さめのものだったのだろう。

白藤さんは片膝《かたひざ》を床につき、航真と目線を合わせて笑顔を見せた。

「うわ、すごいな。初めは鶴を折っているとばかり思っていたのに……あの小さなおりがみで、こんな紙飛行機を折れるんだ？」

「うん。保育園でも、みんなぼくに『おってみせて』って言うんだよ」

航真は得意げに顎《あご》を上げる。

「そうだろうなあ。こんなにじょうずなら。いや、本当にすごいよ」

「あげる。おにいさんに」

すっかり有頂天《うちょうてん》の航真は、手製の紙飛行機を白藤さんに差しだした。彼は目をぱちくりとさせたかと思えば、ふわりと微笑《ほほえ》む。

「ありがとう。じゃあ、僕も代わりにこれをあげる」

そう言って彼が制服のポケットから出したものは、旅客機の形をしたストラップ。

「わー、ありがと！」

航真はそのプレゼントを大喜びで受け取る。

その後、私は改めて機長と白藤さんに頭を下げ、部屋を出た。

立ち入り禁止エリアを抜けると、矢田部さんがいた。私は航真の無事の報告と、騒ぎにしてしまったことを丁重に詫びる。

矢田部さんは『気にしないで。無事でよかった』と言ってくれ、お礼と挨拶をしてから出口へ向かった。

出口付近には今日お世話になったクルーさんや整備士さんたちがいて、航真はシールやクリアファイルのお土産《みやげ》をもらっていた。

帰り道、航真は疲れたようで、モノレールに乗ってすぐ寝落ちする。

その手には、さっき白藤さんからもらったストラップ。

寝ていてもなお、しっかり握りしめている姿を見て、思わず笑った。

それから、無事に自宅アパートへたどり着き、食事とお風呂《ふろ》をすませる。その間、航真は今日のイベントの話に加え、白藤さんとの話も楽しそうに繰り返していた。

航真の話は布団《ふとん》の中でも続き、最後はストラップを枕元《まくらもと》に置いて眠りに就《つ》いたのだった。

2．夏の約束

先日のイベントから数週間が経った。

大型連休がすぎた今日は、久々にNWCエアライン事業部へ出向く予定だ。

矢田部さんとセミナーの日程について打ち合わせをしたあと、数名の社員さんに保険資料を渡すつもりでいる。

パイロットやCAの皆さんは、業務時間に追われる中で、とても重要な打ち合わせや準備を行っている。そのため、彼らに声をかけるタイミングを見誤ると迷惑なのはもちろん、こちらの印象も悪くなってしまう。

前任者からそのあたりも引き継ぎをしたけれど、実はまだ『今は大丈夫』『今はNG』といった雰囲気を察することに自信がない。

それでも欠かさず挨拶だけはするように心がけている。その流れで、向こうから話しかけてくれることもある。資料や書類だけほしいと希望された場合はご自宅へ発送し、直接話をしたいと言われれば、都合をつけて指定の場所へ会いに行く。

今日も、矢田部さんとの話は五分程度で終わり、ひとつ仕事を終えた私は社員用の休憩室《きゅうけいしつ》に足を向けた。

立ち入りを許されているのは、オフィスと一部休憩室のみ。仮眠室などの特別な休憩室などは、出入りを禁じられている。もちろん、そんな場所へ図々しく乗り込む気はまったくないけれど。

休憩室で資料を配り、すべきことを終えてエアライン事業部をあとにする。

空港ターミナルに出たら、お腹が鳴った。

もう午後二時。あとは拠点に戻るだけだし、空港内でランチして戻ろうかな。

私は、お昼はほとんど外食で、普段お弁当を作ることはあまりない。お客様と食事をしながら話をしたりするし、そういう面談がない日でも、同じチーム内の人たちとランチ交流をしたりするからだ。

ちょうどフロアマップが近くにあったので、お店を吟味《ぎんみ》する。三階フロアにある和食のお店に惹《ひ》かれ、エスカレーターで三階へ向かった。

そのお店はフロアの端だからか、いつも国籍問わず多くの人で賑《にぎ》わっている空港内のわりに、人が少なく感じられた。お昼どきを、ちょっとすぎているのもあるかもしれない。

私は『和食処』と書かれた白い暖簾《のれん》をくぐり、カウンター席に座った。

店内はテーブル席が六つと、私がいるカウンター席が六つ。ものすごく広くはないけれど、それなりにお客様が入れるほどのお店だった。

メニューは、セットメニューや丼ものがメインの模様。

私はAセットを注文した。セットの内容は、煮魚がメインであとはお刺身が少し。それに小鉢とお味噌汁がついてくるもの。

注文したAセットがやってくると、私は両手を合わせ「いただきます」とつぶやいた。お味噌汁に口をつけた途端、じんわり心が温まる。

そうして久々に食べた煮魚にも感動し、あっという間に完食してしまった。

お会計をすませてお店を出た直後、さらに奥へ続く道があることに気づいた。

興味本位で足を向けると、壁際に電話ボックスくらいのブースが四つ並んでいた。ブースの扉には、『テレワークブース』と書かれている。

こんなところにもテレワークできる場所があるんだ。それも個室なら、周りが気になることもなさそう。へえ……。

完全個室のブースがターミナル内にある光景に、ものめずらしさでまじまじ見入っていたら、ひとつのブースの扉が開いた。

慌てて顔を背《そむ》けようとした、そのとき。

「えっ」

ブースから出てきた男性を視界の隅で捉え、思わず声をあげていた。

その男性の真っ白なワイシャツの肩口には三本ラインの肩章。上着と制帽を小脇に抱え、私の声に反応した彼もまた、目を丸くしてこちらを見た。

「あなたは――」

テレワークブースから出てきたのは、イベント会場で航真の面倒を見てくれていた白藤さんだった。

「白藤さん……ですよね？　こんにちは。すみません、突然声を出してしまって」

すると、白藤さんはこちらに歩み寄り、柔らかな声で答えた。

「こんにちは。奇遇《きぐう》ですね。お昼ですか？」

「はい。今そのお店を出たところで」

顔を上げた私は、彼の言葉に引っかかりを覚える。

白藤さんは迷わず『お昼ですか？』と聞いてきた。ここは空港ターミナル内。一般的に考えれば、どこかへ行くか戻ってきたかと思いそうな状況のはずなのに。

「あの。もしかして、私が担当保険外交員だとご存じでいらっしゃいます？」

「ああ、はい。知っていました」

あっさりと肯定され、驚きよりも『やっぱり』と納得する気持ちが先に来る。

きっと、航真が迷子になった一件から、あの日いらっしゃった矢田部さんに私のことを聞いたのだろう。

「そうだったんですね。あっ、ご挨拶が遅れました。先日からＮＷＣエアライン事業部さんを担当させていただくことになりました、枡野と申します」

こちらが丁重に名刺を差しだすと、彼もまた丁寧に受け取り名刺に目を落とした。

「先ほどまで、オフィスのほうにお邪魔しておりました。今後も定期的に訪問させていただきますので、なにか気になることや御用がございましたら遠慮なくご相談ください」

笑顔を添えて業務上の決まり文句を口にすると、白藤さんもポケットから名刺入れを取り出す。

「ありがとうございます。では、僕も」

私は両手で彼の名刺を受け取り、思わず第一印象を漏らす。

「白藤昴《すばる》さん……綺麗《きれい》な響きのお名前ですね」

『昴』って、星座の名前のひとつだった気がする。それに『白い藤』という花を連想する名字って、やっぱり美しいものの組み合わせだ。

「そうですか？　初めて言われました。うれしいです」

ふいに白藤さんがニコッと親近感の湧くような笑顔を見せるものだから、びっくりして戸惑った。一瞬思考が止まったせいで、不自然に会話が途切れてしまう。

「先日のイベントは、コウマくんに楽しんでいただけたようですか？」

「あ、はい！　その節《せつ》は本当にご迷惑をおかけしました……ふふ」

あの日を回想していくうちに、寝る前の航真を思いだして、つい笑いをこぼす。

「なんです？」

やさしく目を細めて尋ねてきた彼を見て、さらに頬が緩む。

「すみません。思いだしてしまって。あの日の夜、航真は白藤さんからいただいたストラップを枕元に置いて寝たんですよ。よっぽどうれしかったんだと思います。ありがとうございます」

「そうなんですか？　可愛いですね。そんなに喜んでくれたなんてうれしいなあ。あ、僕も家に飾ってありますよ。コウマくんからもらった紙飛行機」

「えっ。それは航真も喜びます。伝えておきますね」

もしかしたら社交《しゃこう》辞令《じれい》かもしれない。でも、彼はそういう人でもない気がする。

本当に航真が折った紙飛行機が彼の自宅に飾られているのなら、航真だけでなく私もうれしい気持ちになる。

「コウマくんのお名前は、漢字でどう書くんですか？　ふと気になって」

「航真は……航空機の『航』に、真実の『真』と書きます」

なんとなく、人に説明する際はいつも『船で航海する、のコウ』と説明することが多かった。だけど、パイロットの白藤さんを前にして、そういえば『航空機』も同じ漢字だなと思い、そう説明してみた。

すると、彼は形のいい唇に緩やかな弧《こ》を描《えが》く。

「へえ。航空機の……。なんか勝手に縁を感じるなあ。いい名前ですね」

別に深い意味なく『縁』と口にしただけだとわかる。第一、縁を感じたのは航真に対してだ。なのに、彼の微笑みを目の前にして、なんだか気持ちがそわそわして落ちつかない。

それをごまかすように、別れ際の挨拶を切り出す。

「あ。すみません、足止めしてしまって。お忙しいですよね」

「いえ。こちらこそ。僕はまだ時間に余裕はありますから」

白藤さんのまとう空気は穏やかで、忙《せわ》しない自分とは正反対だ。

思えば航真と一緒にいてくれたときも、同じように落ちついた雰囲気だった。だからこそ航真も安心しちゃって、慌てもせずに悠長におりがみを披露《ひろう》していたのかもしれない。

　こういう安心感は、パイロットにとって必要な素質なんだろうな。その点、白藤さんはばっちり適している。

　勝手に分析していると、ぱちっと目が合った。私は慌てて会話を探る。

「あの……よくあちらを利用されるんですか？　どうですか？　ああいうブースって窮屈《きゅうくつ》だったりしないですか？」

「確かに広くはないですが、わりと防音がしっかりしていて、外部の音も遮断されるので静かに休めますよ。まあ、本来は休む目的で使用するものじゃないんだろうけど、ときどき休憩に使ってます」

　ああ、美形な男性の笑顔って威力が凄《すさ》まじい。

　意識しだすとますます彼を直視できなくなって、さりげなく視線を落とす。

「なるほど。ブース内は静かなんですね。疲れてると、静かなところでひとりになりたくなりますよね」

　そのとき、私の社用スマートフォンにメッセージを受信した。

　私は白藤さんに「すみません」とひとこと断り、メッセージを開く。

「あ……ＮＷＣバーズのＧＳ社員さんからです。商品について質問があるのかも……。私、今から伺ってきます。白藤さん、貴重な休憩時間をすみませんでした」

ＧＳとはグランドスタッフ――地上勤務員のこと。ＮＷＣバーズへも挨拶へ出向いた際に、ＧＳ男性社員の林《はやし》さんとも挨拶を交わして、それ以降、向こうからよく声をかけてくれる。

ただ、林さんとのやりとりは、本音をいうとあまり居心地のいいものではなく少々困惑している。フレンドリーといえば聞こえはいいけれど。正直馴《な》れ馴《な》れしさが否めない。長年のおつき合いならまだしも、まだ少しのつき合いなのだ。

とはいえ、相手は顧客で私よりも二歳年上。そういう部分から、なんとなくずるずると受け入れざるを得ない雰囲気になっていた。

でも保険に関わる用件だろうし、個人の感情を理由に敬遠することはできない。

私が悶々《もんもん》とする気持ちを押し込め、お辞儀をして立ち去ろうとしたら、白藤さんから予想外の返答がくる。

「もしよければ、バーズはうちの系列でオフィスも同じですし、そこまで一緒に」

白藤さんの言う通り、白藤さんが所属するＮＷＣエアライン事業部と、林さんのいるＮＷＣバーズは、エントランスが一緒で事務所も同フロアにある。

つまり、彼がこのあとオフィスに戻るのなら、行き先は途中まで一緒ということ。

「では……ぜひ」

特に断る理由もなく、その申し出を受け入れる。

思いがけないお誘いに、初めは内心びっくりしたものの、白藤さんの微笑みに不覚にもちょっとほっとした。

林さんの件は仕事と割り切って出向かなきゃならないのに、白藤さんに癒《い》やされるなんて、保険外交員として未熟だ。

気持ちを引きしめ直し、林さんにメッセージを返信する。そして、私は白藤さんとＮＷＣグループ系列のオフィスへ戻った。

オフィス前に着いたものの、この先に入るためにはまた受付で手続きをしなければならない。

私は足を止め、白藤さんに声をかけた。

「すみません。私は受付があるので、ここで失礼します」

「はい。ではまた」

軽く会釈《えしゃく》をした白藤さんは、先にＩＤカードをかざしてゲートをくぐる。彼がエレベーターホールへ向かおうとしたとき、ひとりの男性が進行方向からやってきて白藤さんとすれ違った。

白藤さんの口元くらいまでの身長と、黒髪短髪……林さんだ。

林さんは私を見るなり、笑顔で軽く手を上げる。

「あ、枡野さん！　よかった会えて」

「林さん？　今、上までお伺いしようかと」

私が休憩室まで伺うとメッセージを送って、了承の返信ももらっていた。そのため、ここで林さんと遭遇《そうぐう》するとは思わず戸惑った。

彼はゲートを出て、さらりと言う。

「ほら、入館受付申請とか面倒かなと思って。俺がオフィスから出れば早いでしょ？　まだギリギリ休憩時間あったから」

林さんは、いつもどことなく距離が近い。

私はさりげなく一歩下がり、林さんに尋ねた。

「お気遣いいただきありがとうございます。それでは取り急ぎ近くのお店に移動しましょうか？」

「ああ、ここでも別に大丈夫」

「ここで……ですか？」

さすがに困惑を隠せなかった。

話の内容にもよるけれど、メッセージではなく直接会って相談したいような連絡を受けたから、それなりに込み入った用件かと思って戻ってきたのに。

林さんは再び距離を詰め、笑顔を見せる。

「休憩時間があと十分しかなくて。なので、詳しくは別日にって約束をしようかと思ったんだ。別に会社じゃなくても会ってくれるんでしょ？」

「ええ。保険に関する御用でしたら。……可能な範囲にはなりますが」

念のため〝保険〟を強調して答えるも、彼はそれに対し、特に反応しない。

「都内なら大丈夫だよね？　俺、明後日の夜が空いてて。よければお酒飲みながらとか！　最近いい店見つけたんだよね」

話し方がフランクなだけでなく誘い文句まで軽めで、さすがに看過《かんか》できない。

「申し訳ございません。お酒の場はちょっと……」

「え？　だめ？　そっかー。なら、普通にディナーとかで」

やんわり伝えても埒《らち》が明かないと踏んだ私は、迷いつつも正直に話す。

「すみません。個人的な事情になってしまいますが、夜は小さい子どもがいるので、できれば避《さ》けていただけたら……。日中だと助かります」

本当はこんなことで自分の家の事情を出したくはなかった。しかし、強引に自分の希望を通そうとされては堪らない。

万が一、クレームに発展したときは……リーダーや部長に頭を下げるしかない。

すると、林さんは衝撃を受けたような表情を見せたかと思えば、次は不服そうに眉を顰《ひそ》めた。

「あー、枡野さんって子どもいたの？　指輪してないけど……もしかしてシングルマザーとか？」

手のひらを返したように、彼の私に対する興味が一気に冷めていくのを感じる。

私が「はい」と肯定すると、あからさまによそよそしい態度に変わる。

「そうなんですか。小さい子いるのに、がっつり仕事するのって大変ですね」

口調まで変わった彼に内心苦笑しつつ、表向きは笑顔で取《と》り繕《つくろ》った。

別に彼によく思われたいなどと、少しも思っていない。だけど、航真の存在をちょっと話しただけで、こんなにわかりやすく態度を変えられるのは……複雑な心境にもなる。

航真のことを知りもしないのに……。それに、シングルマザーだとわかった途端、まるで〝話す価値がない〟とでも言わんばかりの態度には、それなりに傷つく。

……けど、航真を迎え入れたとき、そういうことも全部ひっくるめて覚悟を決めた。

いちいち感情に流されないで、無にならなきゃ。

心の鈍い痛みを受け流そうとしていた、そのとき。

「枡野さん。少し相談に乗っていただきたいのですが」

突然、林さんではない男性の声で話しかけられ、顔を向けた。

その声の正体は——。

『白藤さん』と、心の中で驚くままつぶやいた。

彼はさっき別れて、ゲートをくぐっていったはずだ。なにか相談があって、たまたまここまで戻ってきていた……？　ううん。だけど、白藤さんの林さんを見る鋭い目つきは、私の状況を察して助けてくれているんじゃ……。

「あ、どうぞどうぞ。僕、もう戻るので。失礼します」

すると、林さんがそう言ってペコペコと頭を下げ、離れていった。

唖然《あぜん》として林さんを見送る。それから、我に返り白藤さんに向き直った。

見上げた先の彼は、なんともいえない面持ちをしている。

綺麗な薄茶の瞳を私にじっと向け、眉間《みけん》にはうっすらと皺《しわ》ができていた。

「あのGS、これまでもあんなふうに？」

白藤さんがこぼした質問に、やっぱり彼はわざわざ戻ってきてくれたのだと確信した。

「ごめんなさい。気を使って助けてくださったんですね。ありがとうございます」

頭を下げた状態で、グッと口角を上げてから顔を戻す。

「微妙なお誘いを受けたのは今回で二度目です。でも、もうこういうことはないかと思いますから。親子でご迷惑をおかけしてすみません」

「あなたが謝ることはなにもない。傷つく必要もない」

「え……？」

ゆっくりと白藤さんに焦点を合わせる。

彼は当事者の私よりも憤《いきどお》りを滲《にじ》ませた目をして、真剣な声で言い切る。

「表面しか見ないような人間の言葉に、あなたが振り回されなくていい」

さっきの林さんとのやりとりを見られていたのは、もう知っている。だからこそ、居た堪れない気持ちはあった。

でも、そんな感情も些細《ささい》な心の傷も、うまく隠せていたと思っていたのに。

白藤さんはいつから……どこまで、私の心を見抜いているんだろう。

茫然《ぼうぜん》と立ち尽くしていると、彼がフライトケースからファイルを取り出した。そこからおりがみを数枚抜き取り、私にくれる。

私は戸惑いながらも両手で受け取って、おりがみを見つめた。

「航真くんに。以前、素敵な作品をくれたので、『あの作品のお礼に』と伝えてもらえますか？」

再び白藤さんに視線を移す。ニコリと笑う彼のおかげで、ざわざわしていた心が丸くなり、自然と笑えた。

「ふふ。ありがとうございます」

「あと、これは枡野さんに」

言われて反射的に、おりがみを持ったままの両手で受け皿を作る。

手のひらに置かれたのは、小袋に入ったお菓子。

「気分転換にでもなれば。考えごとをするときによく食べてるんです、それ。結構美《お》味《い》しいですよ」

白藤さんはそう言って微笑むと、制帽を被って背中を向けた。

小さなお菓子ひとつで、さっきの出来事など影をひそめるほどうれしい気持ちになるなんて。私って、こんなに単純だったのか。

気づけば私は白藤さんの背中に声をあげていた。

「ごちそうさまです！　大事に食べます！」

彼は身体を半分だけこちらに向けて、制帽のつばに片手を添えて小さく笑った。

ゲートを通って去っていく彼を見送った私は、もらったお菓子を軽く握りしめ、駅へ向かう。

ちょっとした気遣いがうれしい。『傷つく必要もない』と、自分以外の誰かが言ってくれたことで、落ち込まずにすんでいると気づいていた。

きっと、白藤さんが来てくれていなかったら、今頃足取りはどこか重く、すっきりとしない気持ちで拠点に戻っていた。

改札を通ったあと、ふと今の自分の姿を想像して我に返る。

私……まるで、ストラップをもらったときの航真みたいになってる。

途端に恥ずかしくなり、ごまかすように、もらったお菓子をよく確認する。

「ハード系グミ……？」

それも、クマの形の。可愛い。

これを食べながら仕事をしている白藤さんを想像して、笑いを噛《か》み殺す。

胸の奥が温かくなったささやかな出来事を反芻《はんすう》して、一日の仕事を無事に終えた。

その夜。お風呂と食事を終えたあと、航真におりがみを渡した。

パジャマ姿の航真は、きょとんとしておりがみを見る。

「それね。前におりがみをくれたパイロットのお兄さんから。この前、航真がじょうずに紙飛行機を折ってプレゼントしたでしょう？　そのお礼だって」

「おりがみのパイロットさん？　ぼくに？　わあ～」

大喜びする航真に、自然と頬が緩む。

『おりがみのパイロットさん』……か。

ふと、なぜ今日もおりがみを持っていたんだろうかと疑問を抱く。

この間のイベントに参加していたようだし、そのときのあまりがあったのかも。

「どの色にしよーかな～」

おりがみを選ぶ航真を見て、笑顔になる。

航真はおりがみを手にした途端、もうおりがみしか見えていない。

そんな姿を横目に、保育園のバッグから連絡ノートを出す。

日々何人もの子どもを見るだけで大変だと思うのに、先生は毎日その日の様子をメモしてくれている。この交換日記的な連絡ノートを見るのが、一日の中で一番楽しみな時間だ。

【航真くん、今日も元気いっぱいで園庭《えんてい》で走り回っていました〝自分の名前を書いてみよう〟の時間では、初めちょっと書いたところで飽《あ》きちゃったようです】

航真はどうやら文字を書くことにあまり興味を持っていないらしい。

まだ年中《ねんちゅう》だし焦らなくても大丈夫、という気持ちの反面、クラスの子がじょうずに書いているのだろうと思うと、焦る気持ちにもなったりする。

そのとき、航真が話しかけてきた。

「〝き・い・ろ〟。おかあさん、これ〝きいろ〟って書いてる～。英語もあるよ」

「え？　おりがみに？　どれ？」

航真が「これ！」と指さした箇所に注目する。それはおりがみの裏面だった。もらったとき、表側の端にその色にちなんだワンポイントのロゴが入っているのは気づいていたけれど、色名が入っていることまでは気づかなかった。

「ねえねえ、ほかの色のもなまえがあるよ。ほら、〝み・ど・り〟」

私は思わず航真をじっと見る。

ひらがなを読むことはできるのだから、その気になったら自分の名前だって書けると思う。やっぱり、まだそこまで深刻に思い悩む必要はないよね。

私が「本当だね」と返すと、航真はまたおりがみに夢中になった。

「明日の仕事の準備でも……」

航真を横目に自分のバッグを開いたとき、白藤さんからもらったグミが目に飛び込んできた。

私はそれを手に取り、こっそりひとつ口に放り込む。

美味しい。あんまり甘すぎなくて。でも、ちょっと食感が固めだから、航真にはまだ早いかも。喉《のど》に詰まらせたら危ない。これは、このままバッグにしまって休憩のときや移動中に食べよう。

その後、仕事の準備や航真のスモックのアイロンがけをして、ようやく眠りに就いたのは日付を跨《また》いだ頃だった。


季節は移り変わり、夏。ますます暑さが厳しくなってきた。

矢田部さんから依頼を受けた『お金の基本講座』は今月開催を控えている。

それもあり、通常よりも訪問回数が多くなっていた。そして、不思議なことに白藤さんと顔を合わせる機会も増えている。

彼をオフィス内で見かけることもあるし、私が和食処を利用した際にテレワークブース前でばったり会うこともしばしば。

これまで、白藤さんを知らなかったからよく遭遇するなと感じるだけで、本当は以前からすれ違ったりしていたのかもしれない……と、一度は考えた。けれど、彼のような人ならば、たとえ知り合いになっていなかったとしても目を引くだろうから気づかないのはありえないとも思った。

パイロットとはやっぱり花形のイメージがあり、制服姿ともなれば注目される。それに加えて、すらりと長い手足にワイシャツ越しにでもわかる引きしまった身体。極めつきは甘いマスク……と、どこぞのアイドルを思わせるほど完璧だ。

性格もやさしくスマートな気遣いもできて、およそ欠点なんて見当たらない。そりゃあ、オフィス内でも空港ターミナル内でも、なんならどこにいたって女性の興味を引くだろう。

現に、私服姿で空港ターミナル内の和食処のカウンター席に座っている今もそう。雰囲気からかっこよさが滲み出ていて、制服姿でなくてもほかのお客様やお店のスタッフの女性の視線が私の隣に飛んできている。

Aランチを頬張りながら、改めて『信じられないことになってる』と感じた。

「枡野さん？　大丈夫ですか？」

「あ、ごめんなさい、ぼーっとしちゃって。大丈夫です」

私は慌てて取り繕って、お水を飲んだ。白藤さんは、ほっとした表情を浮かべる。

今日は白藤さんと一緒に、ターミナル内にある和食処で昼食をとっている。

なぜそんなことになったかというと、たまたまだ。

事前に約束を交わしていたわけではなく、仕事終わりの白藤さんと遭遇し、話の流れでこういうことになった。

「航真くん、僕に毎回くれてる作品、本当に大人顔負けのクオリティですよね。これもすごい綺麗です。年中さんが作ったとは思えない」

私たちの定食が載ったトレーの間に置かれているのは、航真・作の星のおりがみ。

風車《かざぐるま》や手裏剣《しゅりけん》に似た仕上がりの星で、私も作り方は知らない。

白藤さんは、いつも様々なおりがみを持ち歩いているとさっき知った。

機材繰りがうまくいかなかったなど、飛行機はしばしば遅れることがある。そういう場合に、自分の時間に余裕があれば搭乗《とうじょう》ロビーにいる子どもたちに配ったりするらしい。日頃から、子どもと接するのが好きなのかも。

ちなみに以前もらった色名が書かれたおりがみは、ユニバーサルデザインのものらしく、色の識別がしにくい子にも伝わるように配慮された商品だと白藤さんから教えてもらった。

彼はそんなところまで気を配っているのだ、と脱帽した。

「イベントのときも、航真くんすごい集中力を発揮してましたよ。あの集中力はいろんな職で活かせると思います。手先が器用なのがよくわかる出来栄《できば》えでしたし、将来が楽しみですね」

「――はい」

白藤さんが航真のことをいろいろと褒《ほ》めてくれるから、うれしくなる。

誠実な彼の言葉だから、そのまま受け止めて素直に喜べる。

すると、彼はなぜか私を見て、くすっと笑いをこぼした。

笑ってしまうくらい、なにかおかしな言動をしただろうかと首を傾げる。

「あ、いや。すみません。枡野さんが、まるで自分が褒められたみたいにうれしそうな顔をしていて思わず」

「ああ……顔に出てたんですね。お恥ずかしい……。でも、我が子を褒めてもらえると、自分のことのようにうれしくなっちゃって」

これが母性なのかはわからない。でも、航真の長所に気づいてもらったり褒められたりすると、自分のことのようにうれしい。ううん。それ以上だ。

「航真くんのおりがみは、枡野さんが教えてあげているんですか?」

白藤さんから投げかけられた質問を受け、苦笑する。

「いえ、違うんです。私は昔からおりがみとか、そういうの苦手で」

手先が器用だったのは姉夫婦だ。

姉はよくハンドメイド作品を作ったり、航真に洋服や帽子を作ったりしていた。義兄もまたDIYが好きだったみたいで、ちょっとした家具を作ったり、キッチンを使いやすくリノベーションしたりもしていた。

ふたりを思いだすと、まだ少し胸が苦しくなって切ない。

「実は私、どうしても自宅に仕事を持ち帰ることがありまして。そういうときは、仕事が終わるまで航真に好きな動画を見せて、待っていてもらうんですが。こういうおりがみ作品の動画だったり、料理の動画だったり、なにかを作ることに興味があるみたいなんです」

「へえ。これだけ手先が器用なら、料理もきっとすぐ上達しそうですね。動画を見ながらにしても、ひとりでこんなにじょうずに折れるのはすごいですよ。もしかして、お父さんがそういう作業得意なんですかね？」

彼の言葉に、思わず箸《はし》が止まる。冷静に装わなければと思っているのに、すぐ返答が出てこなかった。

白藤さんはただ自然に思ったことを口にしただけだ。

これまでも、取引先などで航真の『お父さん』の話題に触れられたことは何度もある。そして、私はそのたびに涼しい顔で対応してきた。今回もそうすればいいだけ。

なのに、なんだか彼に対して適当にごまかすことに心苦しさを抱く。

彼はうわべだけの言葉じゃなく、心から航真の才能を喜んで褒めてくれていると感じるからかもしれない。なにより、航真が彼をとても好きだから。

私は箸を置き、両手を膝の上に揃える。

「あの子の父は……本当の両親はもういないんです。あまり公にしていませんが、私は航真の叔母で、今は正式な親子なんです。ふたりで一緒に暮らしています」

迷った末に事実を伝えると、いつも冷静で穏やかな白藤さんがこのときばかりは驚いた顔で固まっていた。

彼でも、こんなふうにびっくりして言葉を失うことがあるんだ。

「私なりに航真と向き合ってるつもりですが、やっぱり男の人みたいにパワフルに遊べなくて。でも航真はなにも言わずに、そうやって家で机に向かって遊んでくれてるんですよ」

突然、こんな告白をしたことへの申し訳なさから、雑談で場を繋ぐ。

それがなんだかから回りしている気がして、苦笑交じりに口を開いた。

「ごめんなさい。驚かせてしまいましたね」

「いえ。こちらこそ、知らなかったこととはいえ踏み込んだことを聞いてしまい……すみませんでした」

「私が勝手に判断してお伝えしてしまいました。航真があなたのことを好きだから、なんだかごまかすのが憚《はばか》られて」

苦笑いを浮かべて伝えたあとは、目の前の定食と再び向き合い、白米を口に運ぶ。

「僕も。一度しか会っていませんが、航真くんのこと好きです」

思わず彼を見た。

「あ……それは、ありがとうございます。航真は保育園の先生も女性だけで、あまり男の人と接する機会がないのもあって、白藤さんが印象的なんだと思います」

彼はまっすぐこちらを見つめ、柔らかな表情を浮かべる。

「とても大切に、健やかに育てていらっしゃるんですね」

彼の声には、瞳には——気持ちを偽っているとか取り繕っているとか、そういった感情は一切感じられない。

ああ。本当に、やさしい人だな。

私たちの関係を告白すれば、大抵は『大変だったんだね』と同情の眼差しを浴びるか、『すごい決断だね』とあくまで他人事として褒められるか。もしくは『信じられない』といった心情を向けられるかだと思っている。

容易に予測できるからこそ、必要以上に話さない。

けれど、白藤さんは……。そのどれにも当てはまらない。

彼の言葉は、航真を肯定していると同時に、私の存在も認めてこれまでの行いを称賛するものに聞こえた。

あのあとは、ごく普通の会話を交わしながら食事を終えた。

それぞれ会計を終えて、店外に出る。

「フライトでお疲れのあとに、つき合っていただきありがとうございました。でも楽しい時間をすごせました。最近はひとりで食事をとることが多かったので」

「こちらこそ。有意義なひとときでした。ありがとうございます」

「それでは、失礼いたします」

頭を下げて挨拶をし、踵を返した。駅に向かって歩き出した直後。

「枡野さ――」

白藤さんに呼び止められたとほぼ同時に、スマートフォンの着信音が鳴りだす。私は足を止め、プライベート用スマートフォンのディスプレイを確認した。

発信主は……保育園？　嫌な予感がする。

「すみません。保育園からで。少しいいでしょうか」

「もちろんです」

直前に私を呼んだ白藤さんの了承を得ると、急いで着信に応答した。

「はい。枡野です」

『保育園の倉橋《くらはし》です。お母さん、今お電話大丈夫ですか？』

「大丈夫です。航真になにか？」

『ええ。実は、お弁当の時間に元気がないなと思って、お熱を測ったんです。そしたら、三十八度を超えていて……。お母さん、お迎えに来ていただけそうですか？』

「三十八度！　そうだったんですね。気づいてくださりありがとうございます。お迎えですが……少しお待ちいただけますか？　予定を確認しましたら、すぐに折り返しいたします。お忙しいのにすみません」

私は一度通話を切り、すぐさまバッグからA5サイズの手帳を出す。

頭の中には今日の予定は入っているつもりだけど、こんな場面ではなにか抜け落ちている可能性もある。

冷静を心がけて手帳の中身を確認すると、今朝確認した通り夕方にかけて重要なアポイントメントが二件入っている。

よりにもよって今日二件も……。いや、嘆いていたって仕方ない。とにかく航真を優先しなきゃ。

幸いこの時間なら、きっと小児科には行ける。あとはリーダーに報告と相談を。情報は共有しているから、あとはチーム内のメンバーで誰か空きがある人がいてくれたら……。でも、今朝の朝礼で、今日はみんな忙しいと話をしていた……。

「枡野さん」

「えっ、あっ」

頭の中で真剣にリスケジュールしていて、白藤さんの存在を忘れていた。

我に返った私は、まだ動揺しているまま白藤さんを見上げる。

「航真くん、発熱なんですね？　お迎えに行けそうですか？」

「ええ。そうみたいです。なるべく早く迎えに行こうとは思って……。ただ、社にまず連絡を取って調整できるか確認してからじゃないと」

「ほかにご家族やご友人は？」

「あー、そのあたりには、あてがないんです」

友人は多くないし、それぞれの環境がある。育児中の友人に負担はかけられないし、独身の友人も今は仕事中のはず。父は都内にはいない。いたとしても、義母と私は日頃から接触がなく、気軽にお願いをできる関係ではなかった。

こんな状況に居合わせてしまったがために、白藤さんには余計な心配をかけているのだなと申し訳なく思う。

「そうですか。では、もしも職場の方の都合がつかずに、どうしても困ったときは僕に連絡をください」

「……え？」

理解が追いつかないうちにも、彼は二次元コードを表示してあるスマートフォンを差しだした。

私は驚いて顔を上げる。

「いや、それはさすがに……職場の同僚に声をかけてみますから」

「はい。それで解決すれば一番です。だからこれは、〝もしも〟のときの手段です。枡野さんが本当に困って、どうしようもなくなったときに電話をください。僕、明後日までオフなので」

白藤さんは言葉尻に被せ、真面目《まじめ》な顔つきでそう言った。

彼の気持ちはありがたいけれど、戸惑わずにはいられない。

言葉が出ずにいると、彼は綺麗な形の眉を軽く寄せて口を開く。

「踏み込みすぎだとわかっています。だけど、熱を出しているなら、航真くんも不安になっていると思いますし。少しでも早くお迎えに行けたほうがいいだろうから」

これまでスマートだった印象の白藤さんが、最後には早口で理由を並べ立てる。

彼も決して、平然と手段のひとつを持ちかけただけなわけではないのだと察した。

ゆっくり考える時間もなかった私は、手にしていたスマートフォンを操作し、白藤さんの二次元コードを読み取った。

「お気持ち、ありがとうございます。では、念のため私の連絡先も登録しておいていただけますか?」

そうして、今度は自分の連絡先の二次元コードを表示させる。

白藤さんは「わかりました」と、手早く私の連絡先を登録してくれたのだった。

自宅アパート前にタクシーを停めてもらって、そこから部屋まで、もうすぐ五歳の航真を抱っこして戻ったのが夕方の五時すぎ。

「やっと家だあ……大丈夫？　航真……あ、また寝てる」

航真ももうすぐ体重が二十キロになる。抱っこするのが大変になってきた。

やっと布団に航真を寝かせて、「はー」と長い息を吐く。

二人用のコンパクトなダイニングテーブルの椅子《いす》に腰をかけ、脱力する。

疲れた……。いつもよりも早く家に帰ってきたのに、疲労感は倍以上。これから夕食の支度をする元気はゼロ。

あのあと、小松さんがチームのみんなにかけ合ってくれて、私のアポイントメントは代わりに行ける人が見つかり、事なきを得た。

かかりつけの小児科へ着いた頃には熱も下がっていたけれど、念のために薬を処方してもらって今に至る。

明日はすっかり元気になっているといいな。通っている保育園のほうでも、朝元気だったら登園させて大丈夫だって言ってくれてるし。正直、仕事もあるから、そうできたらとても助かる。

続き間の部屋で、寝息を立てている航真を見つめる。少しして、はたと気づいた。

ガバッと身体を起こし、バッグからスマートフォンを取り出す。白藤さんの連絡先を表示して、ディスプレイを見つめた。

白藤さん、心配しているかもしれない！　ひとことだけ報告とお礼をしなきゃ！

作成したメッセージの文面を読み直してから送信する。

【今日はご心配とご迷惑をおかけいたしました。おかげさまで仕事もどうにかなり、無事に航真を病院へ連れていくことができました。どうやら夏風邪のようです。今はぐっすり寝ているので、きっとすぐ元気になってくれると思います】

そのまま仕事に取りかかろうと思って、バッグからノートパソコンを出したときに通知音が鳴った。スマートフォンを見れば、白藤さんからのメッセージだった。

【ひとまず安心しました。お疲れのところ、わざわざご連絡をありがとうございます。航真くん、お大事に。枡野さんもゆっくり休んでください】

私にまで言葉をかけてくれるところに、彼の人柄のよさを感じずにはいられない。

【ありがとうございます。白藤さんも】

そう返信したあと、暗くなったディスプレイに自分の顔が映しだされる。見れば、無意識に頬が緩んでいた。

いや。これは……別に深い意味合いはなくて。ただ、疲れているときにやさしい言葉をかけられて、つい気が緩んでしまったというか。ちょっとした気遣いに胸が温かくなっただけ。

誰に説明するでもない言い訳を心の中で並べ、なにかをごまかすように、いつも飲んでいるほうじ茶を淹《い》れる。

夏は少し温くし、冬は熱めに用意する。ほうじ茶を飲む時間は、一日を終えてほっとする時間になっていた。

そうして私は、ほうじ茶を片手に明日の仕事を先に進める。

私が布団に入ったあとも、航真は心地よさそうな顔で眠り続けていた。


朝陽が昇り、部屋が明るくなっているのに気づくものの、なかなか目が開かない。

枕元のスマートフォンを手探りで掴み、どうにか薄目で時間を確認する。まだ朝の五時すぎだ。

頭が半分寝た状態で、もう少し寝られると喜んで、すぐに意識を手放す。

次に目が覚めたのは約三十分後。スマートフォンのアラーム音で夢から現実へ引き戻された。昨日の疲れが残っていたせいか、スッと起きられなかった。

すると、枕元に気配を感じて重い瞼《まぶた》を押し上げる。

「ん……航真？　起きてたの？」

「うん」

横たわったまま、航真を見上げて小さな額に手を添える。手のひらに伝わる体温は、いつも通りの温度だった。

「お腹痛いとか、頭が痛いとかない？」

「ないよー」

いつも通りの笑顔を見せてくれて、朝からほっと胸を撫《な》で下《お》ろす。

「そっかー。よかった。保育園行けそうかなあ。もし具合悪いなら無理しな——」

「行く！　だって今日は、おたんじょう日会なの！」

『おたんじょう日会』……そうだ。八月生まれのお誕生日会は今日だった。

航真は八月生まれ。まさに今月の主役だ。それは当然行きたいよね。

「ぜったい行きたい～」

今はすっかり元気になったみたい。だけど、ぶり返しても……といった不安もあって悩んでしまう。なにが正解かは、すぎてからじゃなきゃわからないから。

むくりと身体を起こし、航真と向かい合って座る。

「とりあえず、きちんと朝ご飯を食べよう。あと、薬もね」

「食べる！　くすりも、ちゃんとのむ！」

航真がキリッとした表情で返すものだから、思わず笑ってしまう。

「わかった。じゃあ、朝ご飯の準備するね」

そうして朝食の支度をして、ふたりでダイニングテーブルに着いた。

念のため、消化によさそうなたまご粥《がゆ》を作った。ふたりでゆっくり食べ終えて、航真は宣言通り薬も頑張って飲んだ。

着替えをする航真を横目に、大丈夫そうかなと安堵《あんど》する。

昨日のうちから、小松さんが『無理しないでいいからね』と声をかけてくれていた。出社前にひとこと、今日は通常通り勤務できそうだと伝えておこうかな。

私は洗い物を終えてスマートフォンを手に取り、メッセージアプリを開く。

その瞬間、思考が停止する。

「……え？」

メッセージ履歴《りれき》の一番上は白藤さん。それはわかる。昨夜、最後にやりとりをしたのは彼だから。でも、既読になっている最後の一文はまったく覚えがないものだ。

【おかあさん、おきちゃうよ。またね】

心臓がドクドクする。白藤さんとのメッセージ画面を表示させると、スタンプのやりとりがずらり。

絶句して、思わず航真を振り返る。

「航真っ。勝手にスマホ使っちゃだめって言ったでしょ！」

航真は突然大きな声で怒られたせいで肩を竦《すく》め、今にも泣きだしそうな顔でこちらを見る。

「ご……ごめんなさい～」

「どうしてこんなことしたの」

いつもなら、つい勝手に使っちゃったとしても、メッセージアプリではなくゲームアプリか子ども向け動画を視聴するだけなのに。親しい人が相手だったなら笑い話にしてくれるだろうけれど、よりにもよって白藤さんだなんて。怒りよりも、焦りで頭がいっぱいになる。

航真は切羽詰《せっぱつ》まったような私に圧倒されたのか、背中を丸めて黙りこくった。

私は我に返り、一度深呼吸をして航真のそばに寄り添う。

「航真。きちんと話、できるでしょ？」

「パイロットの、おにいさんだったから」

下を向いたまま、つぶやかれた返しに目を見開く。

「え？　どうしてわかったの？」

だって、彼の連絡先の登録名は漢字だ。航真はまだ読めるわけがない。

　すると、ぽつりと答える。

「前に会ったときの〝なふだ〟に書いてたのと、おなじ字だった」

　名札!? 前にって、あのイベントのとき？　そう言われたら、ネックストラップを下げていたような……。まさか、そんなところを見て覚えていたの？

　叱《しか》る気持ちも忘れ、驚きが勝る。

「それで勝手に触っちゃったの？　でも、どうやってロックを……」

　不思議に思いながら内容を遡《さかのぼ》ってみると、航真が初めにスタンプを送ったのは午前五時十五分。私が一度時間を確認した直後だ。

　ということは、そのあとたまたま航真が起きて触って使えちゃったっていうこと？　航真はいつもなら寝ている時間だけど、昨日は夕方からぐっすりだったから早く起きちゃったのね……。

　事態を理解し、額に手を当てて数秒固まる。

　すぎてしまったことは、もうどうしようもない。幸い、白藤さんも相手が航真だって気づいてくれたみたいだし……。でもこんな朝方に迷惑には変わらないよね。

　私は航真に落ちついた声で話しかける。

「あのね、航真。お母さんのものでも、人のものは大事だから勝手にいじっちゃだめ。

それに、白藤さん……パイロットのお兄さんも、朝早く航真からメッセージを送られてきたから、寝ていたのに起きちゃったかもしれないでしょ？」

私も子ども相手にこれ以上責め立てるつもりもなく、航真の頭にそっと手を置く。

「ごめんなさい……またあそびたいって、言いたかったの」

航真は泣くのを堪えながらそう言って、最後に小声でもう一度謝った。

思いも寄らない理由に驚く。

私はゆったりした口調で指摘した。

「そう。でもね、パイロットさんって、とっても忙しいと思う。だから『また』っていうのは、ちょっと難しいかな……。メッセージもね。あんまり送って迷惑になっちゃうといけないから」

子どもは純粋だ。そうしたかったから、思うままに行動しただけ。だけど、大人はそうはいかない。礼儀をわきまえたり、距離感を考えたりしなければならない。

なるべくやんわりと諭《さと》したつもりだけれど、航真は俯いてしまった。

胸が痛むけど、これは親としてちゃんと教えなきゃならないことだし……。

ほかにどんな言葉をかけたらいいか考えあぐねていると、航真がひとこと発する。

「わかった」

「ありがとう。お母さんが話したこと、一生懸命考えてくれて」

話が一段落したところで、再び出勤の準備に戻る。数分後、航真が私のもとにやってきた。

「おかあさん。これ、わたしてくれる?」

「お手紙? 誰……に」

【ぱいろっとのおにいさんへ】という文字が目に飛び込んできて、衝撃を受ける。

ずっと字を書くことに興味を持たなかった航真が、自主的にペンを執《と》った。

そこまでの思いがあったことに、驚きを隠せない。

「航真。お母さんも、お兄さんに次いつ会えるかわからないのよ。だから、すぐには渡せないかもしれないけど、それでもいい?」

切実な事情を伝えると、航真は少し考え込む素振りをしたあと、笑顔を見せる。

「うん! いいよ!」

「わかった。じゃ、これはお母さんが預かっておくね。あ。あと、お手紙を渡しても、お兄さんが絶対に一緒に遊んでくれるわけじゃないからね。お兄さんも、たくさん予定があるかもしれないから」

「うん。わかった」

私はちょっと我慢した顔の航真の頭にやさしく手を置き、小さな手紙を手帳のポケットに入れた。

それから、二十日ほどがすぎた。

世間では夏休みも終わっていく、そんな時期。

残念ながら、航真から預かっている手紙はいまだに渡せていない。

〝航真の手紙があるから〟

ときどきそんな建前《たてまえ》から、空港を訪れる際は白藤さんの姿を探している自分がいる。時間があるときには立ち寄る和食処も、頭の隅で『白藤さんがいるかも』と気になっていた。

この間までが、奇跡的に偶然が重なって会えていただけ。連絡先を交換したって、現実はそう簡単に会うことなんか叶わない。

客観的にそう判断するも、どこか寂しい気持ちになっている。

和食処を出てテレワークブースを一瞥《いちべつ》し、今日もやっぱりいなさそうだと思い、社に戻ろうとした。

次の瞬間、背後から左肩を掴まれ心臓が飛び上がる。

「しっ、白藤さん!」

後ろを振り向くと、そこには息が上がった白藤さんがいた。

急に肩を掴まれた驚きで、まだ心臓がドクドクいっている。

「よかった。間に合った」

「間に合ったって……」

その言い方だと、まるで私がここにいるのを知っていて、そろそろ移動することもわかっていたみたいに聞こえる。

彼は呼吸を整え、肩から手を離すとニコッと笑った。

「なかなかこの時間に休憩が重ならなくて」

やっぱり、白藤さんは私がこの店を利用するとしたら、今くらいの時間だとわかっているようだ。

いろいろびっくりしつつも、私は冷静になって頭を下げる。

「先日はありがとうございました。そして、申し訳ありません。航真が勝手にメッセージを送った件……」

「ああ、本当に気にしなくても大丈夫ですよ。あの日はちょうど早起きしてましたし、楽しかったですから」

あのとき、私は航真のいたずらについてメッセージで謝罪はしていた。

その際も、今と同じように【大丈夫ですよ。航真くん、可愛いですね】と受け止めてくれて、ほっとしていたのだけれど。

白藤さんって、本当にいい人すぎる。

無意識にじっと彼の顔を見つめていたら、小首を傾げられて我に返る。

「あっ。それで、あの日に航真から預かっていたものがありまして。これを」

私は慌てて視線を手元に移し、手帳から手紙を抜き取って彼に差しだした。

「僕に？　今、開いてみても？」

「ええ。どうぞ」

白藤さんは真剣な顔で読み始め、最後は相好《そうごう》を崩す。

「はは。うれしいな」

その少年のような笑顔に、うっかりドキッとしてしまった。

航真に対する笑顔だとわかっていても、目の前でそんな屈託《くったく》ない笑顔を見せられたら、どぎまぎする。

すると、白藤さんはおもむろに手帳を取り出して開いた。

「では、来月初めの日曜日はどうですか？」

「えっと……？」

一瞬、彼の笑顔に見惚《みと》れてしまっていたせいで、話がわからなくなった。でもすぐに、白藤さんは航真の手紙への返事をしてくれているのだとわかった。航真の手紙には、新たにもらったおりがみのお礼と、今度遊びたいといった気持ちが綴《つづ》られていたから。

あたふたして白藤さんを窺うと、彼は上品に微笑む。

「その日は僕、オフなので。もしよければ航真くんに会えたらと」

彼の言葉を受け、反射的に両手を横に振って遠慮する。

「え！　いえ、そんな！　子どもの言ってることですから、どうかお気になさらず。すみません。私がなにも考えずに手紙を渡してしまったせいで」

こんな展開は微塵《みじん》も想像しなかった。よくある子どものまっすぐな気持ちが書かれてるなあ、くらいにしか思っていなかったのだ。

白藤さんは冗談を言っている雰囲気でもないし、どうしたら……。

思いきり動揺していたら、白藤さんが上半身を屈めて私の視線に合わせる。綺麗な顔が同じ目線の高さにきて、さらにドキリとする。

彼はゆっくりと口角を上げた。

「〝パワフルな遊び〟――僕なら、してあげられるかもしれません」

瞬《まばた》きも忘れ、彼に見入る。そして、以前交わしたなにげない会話を思いだした。

私が彼に、航真とは本当の意味では親子ではないと告白したときのことだ。

自分の仕事が忙しいという以前に、どうやっても大きくなってきた航真を抱き上げて走ったりするような、身体を使った遊びは満足にしてあげられない――そういう話をした。

白藤さんは姿勢を戻し、正面から向き合う。

「天気がよければ公園にでも行きませんか？」

それはまさに青天《せいてん》の霹靂《へきれき》。

けれども、脳裏《のうり》に航真の喜ぶ顔が浮かんで、私はつい頷いてしまった。

3. 気になる人

九月。アラームが鳴る前に目覚めた俺は、カーテンを開けて朝陽を浴びる。

前日までの天気予報通り、好天《こうてん》に恵まれ朝から気分がいい。

今日は枡野さんと航真くんと、一緒に公園で遊ぶ日だ。

行き先はメッセージで相談をし、俺は世田谷区《せたがや》の公園を提案した。せっかくなら普段なかなか行けない場所にしたほうが、俺の存在意義があるかもと思ってのことだ。

なにより、俺と遊びたいと言ってくれている航真くんを喜ばせたかった。

ベッドから下りて、身支度を調《ととの》える。着替えを終えたあとは、キッチンに向かい、コーヒーを淹れた。

コーヒーが入ると、カップをローテーブルに置き、ソファに腰を下ろした。スマートフォンを操作し、インターネットで今日の航空気象情報を確認する。

今日は風も安定している。フライト中も揺れずにすみそうだな。

自分はオフなのにそんなふうに調べてしまうのは、職業柄、日課のようなもの。

そうして、ようやくコーヒーに口をつけると、メッセージの通知が鳴った。

【天気よさそうだな。くれぐれも安全運転で】

短い文章を送ってきたのは、十近く歳《とし》の離れた仲のいい従兄弟《いとこ》の侑李《ゆうり》だ。

今日の約束は、俺の車で出かけることになっていた。

行き先を決定した際に、彼女が交通の便を気にしていたため【車で迎えに行きますよ】と声をかけた。元々そうするつもりだったから。

そんな話をたまたま連絡してきた侑李にしたら、『保育園児がいるならジュニアシートがないとだめだ』と指摘された。俺が『失念していた』とこぼすと、彼は『ジュニアシートが余っているから貸してやる』と言ってくれたのだ。

世話好きな侑李からのメッセージに、返信をする。

【ああ。天気でよかったよ。いろいろありがとう。気をつけて行ってくる】

そしてメッセージアプリを開いた流れで、枡野さんとのこれまでのやりとりをスクロールして遡る。

お世辞《せじ》にも、親しいやりとりとは言えない。お互い文面まで完全に敬語だし、絵文字すらなかった。しかし、俺は彼女の〝しっかり者〟という部分が感じられるその文面に、好感を抱いていた。

思えば、初めて彼女と言葉を交わしたのは、イベント要員に駆り出された先の訓練施設。あの日は、どちらかというと子ども——航真くんのほうが印象的だった。『子どもは好きなものを前にすると、ものすごい集中力を発揮する』と、それこそ俏李から何度も聞いていた。それを、まさに目の当たりにしたという感じだった。航真くんの指先の器用さに舌を巻き、思わず夢中になって眺めていたせいで迷子保護の連絡が遅くなってしまったのだが。

そして、航真くんを探しに来た彼女を見て、どこかで会った気がしてしばらく頭の隅で引っかかり続けた。それが判明したのは、十日くらいあとのこと。出勤した羽田《はねだ》ベース内で、俺たちの休憩室に入っていくスーツ姿の彼女を見かけたのだ。

彼女を知っていたのは、ベース内で見かけたことがあったからだと気づき、さらに今年度から我がNWCエアライン事業部を担当する保険外交員だと知った。

その日以降、無意識に彼女の姿を探していた気がする。……今思えば、の話だ。

それからターミナルでばったり会ったときに、初めてまともに言葉を交わした。俺の名前を覚えていてくれたことは素直にうれしかったし、綺麗な名前だと微笑んでくれたのが強く印象に残った。

そのすぐあとのことだった。うちの系列の男性GSスタッフに言い寄られた挙げ句、子持ちと知ってありえない態度を取られていたのを目撃したのは……。

彼女が一瞬だけ覗かせた素顔に——傷ついた表情に、俺は気づいた。すると、途端にいてもたってもいられなくなり、ふたりの間に割り込んでいたという顛末だ。

そのGSスタッフはそそくさといなくなったが、彼女が受けた心の傷はなくなるわけがない。だが、俺の心配をよそに、目の前で彼女は気持ちを立て直したのだ。

こんなにもたくましく生きている女性がいるのだと感嘆し、下心などではなく、彼女に見惚れてしまった。

ベース内に来訪中の彼女は、いつも俺たちスタッフへの配慮に努め、ひっそりと気配を消してタイミングを見計らっている。かと思えば、小柄で可愛らしい容姿の彼女が仕事中には凛《りん》としていて、かっこいい。

それでいて、航真くんに対しては、柔らかい瞳になるのが忘れられなかった。心から深く航真くんを愛しているのだと、他人の俺でも確信できるほど強い思いを彼女から感じられた。

だから、後日彼女から告げられた事実は、本当に衝撃的だった。

——『私は航真の叔母で、今は正式な親子なんです』

大切な話を打ち明けてくれたのは、俺が振った〝航真くんの父親の話題〟のせいで仕方なく……だったのかもしれない。

俺は彼女と航真くんの本当の関係を知り、ますます彼女を尊敬した。同時に、その苦労はどれほど大きいものだろうかと、考えを巡らせる機会が増えた。

その延長が、今日の約束に行きついた……そんな感じかもしれない。

ぼんやりとこれまでの経緯を思い返しているうちに、すっかりコーヒーが冷めてしまった。

俺は温くなったコーヒーを飲み終えて、出かける準備を少しずつ始めた。

約束の時間は午後十二時半。待ち合わせ場所は、彼女の自宅アパートの最寄り駅らしい、品川《しながわ》駅付近の地下駐車場。

十五分前に地下駐車場に到着し、車を停めて枡野さんに連絡を入れた。すると、すぐに着信が来る。

「もしもし」

『枡野です。今、駐車場内にいるのですが、どのあたりへ向かえばいいのかというと、どんな車かを教えていただけますか？』

電話越しに枡野さんの声が聞こえるのが新鮮だ。

……と、そんな感想は置いておき、すでに駐車場内にいるということに驚いた。

なぜなら、待ち合わせ時間までまだ十五分あるからだ。

「車は黒のSUVで、場所は……B－4の柱の横です」

取り急ぎ、目印の表示を見てそう伝える。

『Bの……4……黒の車……あっ』

声があがったのと同時に、窓の外で枡野さんが会釈をした。俺は通話を切り、車から降りる。

「こんにちは。今日はお世話になります」

彼女が礼儀正しく両手を前で揃え、深く頭を下げた。

「そんなにかしこまらないでください。それより、早いですね。もしかして、待っていたんですか？」

「いいえ。さっき着いたばかりですから」

そう答えながら見せる隙《すき》のない笑顔は、なんとなく気を使っている気がする。

とはいえ、ここで『本当は待っていたんでしょう？』と掘り下げるのもスマートではない気がして、俺は「そうでしたか」と軽く受け止めた。

そして、枡野さんの後ろから顔を覗かせている航真くんに声をかける。

「こんにちは、航真くん。手紙をありがとう。会うのは二度目だけど、自己紹介がまだだったね。僕の名前は白藤昴です。今日はよろしく。後ろの座席にどうぞ」

「こんにちは！　枡野航真です！　クルマかっこい～！　ぼく、これに乗るの？」

「そうだよ。航真くんはここの席」

微笑ましい気持ちで返しながら、後部座席のドアを開けて見せた。

運転席の後ろにあるジュニアシートに気づいた枡野さんは、はっとして狼狽《うろた》える。

「ジュニアシートまで！　すみません。すっかり失念していました」

「ああ、いえ。お気になさらず。実は僕もすっかり頭から抜け落ちていて、従兄弟に指摘されて気づいたんです。これは、その従兄弟が貸してくれたもので」

「従兄弟さん？　お借りしても困らないのでしょうか？」

「今はもう子どもも大きくなって使っていないもの、と言ってたので大丈夫ですよ」

そこまで説明すると、彼女はようやく安堵した表情を浮かべ、「ありがとうございます」と頭を下げた。

「航真くん、座ってみて」

「はい！」

航真くんは俺が声をかけるまで、じっと待っていたらしい。元気な声と同時に、ドアに手を添えていた俺の前を通って車に乗り込んだ。ちょっと車高があったものの、航真くんはシートに両手を乗せて身体を支えながら、じょうずに上る。

航真くんがジュニアシートに座るや否や、枡野さんは航真くんに近づいた。

「航真。汚しちゃいけないから、念のため靴脱ごうか」

そうして、素早く航真くんの靴を脱がせる。

「そんなに気にしなくてもいいですよ。もう五年くらい乗ってる車なので」

「いいえ。そういうわけにはいきませんから。ええと、私は航真の隣に乗せていただいていいでしょうか？」

「はい。どうぞ」

すると、彼女は俺を見て、「失礼します」とニコリと笑った。

生真面目な彼女のふいうちの微笑みに、ますます彼女に対する好感度が上がった。

その後、約四十分のドライブを経て、たどり着いたのは広々とした開放的な公園。約六万平米と公園としてはかなり広い規模で、ボール遊びができるエリアや遊具もある。敷地内に日本庭園やカフェも併設されていて、大人もゆっくりとすごすことができそうだ。

道中は、航真くんの話がメイン。主に保育園でのことを楽しそうに話してくれた。

枡野さんからは、うちの社で開催した新入社員向けのマネーセミナーを無事に終えたばかりだと教えてもらった。

駐車場に車を置いて、さっそくボール遊びの広場に移動する。小柄な枡野さんが、仕事のとき以上にたくさんの荷物を持っていたので、気になって声をかけた。

「枡野さん。荷物貸してください」

「え？　あ、ありがとうございます……」

半分荷物を請け負うと、今度は航真くんへ近づいて話しかけた。

「航真くん。サッカーとキャッチボール、どっちからしようか？」

「えっ！　サッカーも野球もあるの？」

航真くんは目を輝かせて俺を見上げる。

「ああ。どっちの道具も用意してきたからね。なにからやりたい？」

「えーとね。じゃあ～……サッカーにする！　そのあとキャッチボールもしたい！」

「もちろん。今日はどっちもやろう」

俺の答えを受け、航真くんは「やったー！」と両手を上げて喜んでいる。それから、元気いっぱいに走り出した。

見晴らしのいい園内だから、多少先に行ってしまっても大丈夫。とはいえ、子どもは一瞬で見失うことがあるというのは侑李の子どもで経験済みだ。目だけは離さぬよう、航真くんを後ろから見守る。

　すると、隣を歩いている枡野さんが口を開いた。

「あの……それって、もしかして今日のために用意してくださったり……？」

　俺が持っているのは、スポーツ店のビニール製のショッパーだ。中にはサッカーボールと、子ども用のキャッチボール用グッズが入っている。

「ご迷惑じゃなければ、今日遊んだあとにプレゼントしたいなと思って」

「ええっ。そんな！　してもらってばかりで申し訳ないですから」

「僕が航真くんと遊びたいなと思って、勝手に用意したものなので」

　彼女の反応は想定済み。元々、仕事の合間に会っていたときから、すごく気を使ってくれる人だと感じていた。今日の待ち合わせも、やっぱり俺を待たせないようにと早く来てくれていたのだと思っている。

　とてもやさしい心の持ち主で、それは魅力的な部分ではあるけれど、今日は彼女も一緒にリフレッシュしてほしい。

　俺は途中で足を止めて待ってくれていた航真くんと手を繋ぎ、彼女を振り返る。

「今日はそういうの、気にしないようにしませんか？　僕は本当に『してあげている』とか思っていなくて、むしろ楽しみにしていたんですから。細かいことは考えず、一緒に楽しみましょう」

彼女は初め、目を丸くして固まったが、俺が笑いかけるとわずかに表情が和《やわ》らぐ。

「そうおっしゃっていただけるのでしたら……はい。ぜひ」

俺は彼女の反応に満たされ、次に航真くんを見る。

「ほら。見えてきたよ、ボール遊びエリア。一緒に走っていく？」

「走る！」

言うや否や全力で駆け出すあたり、元気いっぱいな子どもだ。

俺も職業柄、健康を気にして……というより、半分は趣味で身体づくりに励んでいるから、運動するのは苦ではない。

ボール遊びエリアまでの約百メートルを、わーっと走ってたどり着く。航真くんは、大人の腰ほどある高さのフェンス越しに嬉々《きき》として向こう側を見る。

「すごーい！　ひろーい！　ぼくも中に入る！」

それから、航真くんの希望通り初めはサッカー。そして、キャッチボールをしてまたサッカー……と、繰り返し遊び続けること約二時間。

サッカーには、ときどき枡野さんも交じって三人で楽しんだ。

たくさん身体を動かしたからか、航真くんがレジャーシートに座っていた枡野さんのもとへ駆け寄って「おなかすいた～」と叫んだ。

「いっぱい動いたもんね。手を洗ってから、今日一緒に作ったおやつを食べよっか」

枡野さんがタオルで航真くんの汗を拭う。しかし、航真くんは汗などお構いなしで、再び俺のほうへ走ってきた。

「おにいさんも、手をあらいに行こ！」

「そうだね。行こうか。あ、僕が先に航真くん連れて行ってきます」

「すみません。私はここで荷物を見ておきますね」

彼女にレジャーシートで待機してもらっている間、航真くんと手を洗いに行く。

航真くんは初めから人見知りなどあまりしない雰囲気だったけれど、今日でもっと親しくなれた気がする。すっかり懐いてくれて、俺の中で可愛さが増していた。

「お母さんと公園へ行ったら、いつもはどんな遊びをしてるの？」

「んーと、なわとびとか。ブランコおしてくれるよー。でもおかあさん〝うんどう〟ニガテなんだって！」

枡野さんは運動が苦手と聞き、なんだか彼女まで可愛らしく感じてしまった。

「あー、苦手なのか。ブランコだったら、確かこの公園にもあるはずだから、あとで行ってみようか」

航真くんは「うん！」と言って俺の手を握り、元気よく歩く。

「ママはねー。てつぼうがとくい。ぐるぐるって回ってたよ。動画で見た」

「へえ。運動は苦手だけど、鉄棒は得意なんだ？」

まあ、人によって走るのは速いけど球技は苦手とかあるからな。

なにげなく聞き返した言葉に、航真くんはじっと俺を見るだけでなにも言わない。

変な間が空いたことに違和感を抱いていると、航真くんが急に声をあげる。

「手あらうところ、みっけ！」

途端に手を離し、走っていってしまう。

俺は引っかかりをそのまま胸にしまっておき、航真くんと一緒に手を洗った。

「航真くん。お母さんのところまで、肩車しようか？」

「かたぐるま？」

「航真くんが、僕の肩に跨って乗るんだよ」

「えっと……いいの？」

さっきまでハキハキしていたのに、急に戸惑いを見せるものだから少し驚いた。

俺は膝を折って航真くんと同じ視線になると、ゆっくりと伝える。

「いいよ。でも、怖かったらすぐに言って？　あと、立ち上がったあとはきちんと掴まっていて。航真くんが怪我したら、お母さんが心配しちゃうから」

「わかった！」

そうして、俺は航真くんを肩車して枡野さんの待つ場所へ戻る。

「おかあさーん！　見てー！　めっちゃ、たかいよ！　空がちかーい！」

「え……っ、航真⁉　なんでそんな」

枡野さんは楽しそうにしている航真くんを横目に、こっそり俺を心配する。

「お疲れですよね。散々ボール遊びにつき合って、肩車って。もう下ろしても大丈夫ですよ」

「航真くんくらいの重さなら、まだ余裕です」

するとと、彼女は感嘆したのちに、相好を崩す。

「ありがとうございます。そういうのは、私にはできないので」

「気にすることはないと思いますよ。こうして誰かを頼るのも手かと」

こんなふうに言えば、まるで『俺を頼って』とでも言っているかのように受け取られかねないとわかっていた。

それでもいいと思った。きっと、彼女はあまりにひとりで頑張りすぎている。

背負っているものを分散できる『誰か』は、ひとりでも多いほうがいい。

「おかあさんも、してもらう？」

「お母さんは大丈夫。でも、航真。お兄さんも疲れちゃうから、早めに下りてね」

「じゃー、おかあさんが手をあらうまで！　いーい？」

航真くんは俺の顔を覗き込んでくる。

話していることも、声も仕草もなにもかもが可愛くて、自然と頬が緩んでいた。

「いいよ」

「へへ……ありがとう。おにいさん」

はにかむようにお礼を言われると、胸が温かくなる。

それから枡野さんが手洗い場へ向かうと、航真くんが「わあ〜」と声をあげて真上を見た。そのまま重心が後方に傾き、少しバランスを崩す。

「おっと、危ないよ」

俺は片手を航真くんの背中に添えて、事なきを得た。

「おにいさんパイロットだから、雲さわったことある？」

「残念ながら触ったことはないな。飛行機は窓が開かないようになっているからね」

「そうなんだ。でもすごーく、たかいところをとぶんでしょ？」

「うん。ちょっと難しいと思うけど、約一万メートルって、ものすごく高い空をとても速いスピードで飛んでるんだ。それこそ雲の上だよ」

「えええ～っ」

航真くんの純粋な反応に、自然と頬が緩む。

「むしろ雲は種類によっては、飛行機が揺れたり前が見づらくなったり危険なんだ」

「ヒコーキって、こわいの……？」

一瞬、『余計なことを言ったかも』と頭をよぎる。

しかし、厳しい訓練や試験を経験し、現在多くの人たちの命と生活の一部を預かるパイロットとして、まっすぐに伝えたい思いはある。

俺は航真くんを下ろし、膝を折って目線を合わせた。

「飛行機は怖くない。言うなれば、怖いのは自然《天気》かもしれないな」

航真くんはまだ少し不安げに眉根を寄せて、じっと俺を見ている。

その不安を吹き飛ばすべく、俺は心からの笑顔を向けた。

「雲の上はいつも晴れ――。明るくて前向きな気持ちになれる。そんな最高の景色を、僕たちパイロットは特等席で眺めてるんだ」

「ふうん……いいなあ。ぼくも見たい」

俺たちはどちらからともなく空を仰ぎながら、話を続ける。

「お客さんとして乗ってくれるときも見られるよ。そんな楽しくて素敵な旅ができるように、僕たちは安全第一で飛行機を飛ばしているから。航真くんも、いつか飛行機に乗って空の景色を見てみて」

「うん。でも、ぼくはおにいさんといっしょに見たいな」

なにげないひとことだったのだろうとは、わかっている。それでも、そんなふうに求められると胸に喜びがあふれた。

そこに、手を洗いに行っていた枡野さんが戻ってきた。

俺たちは自然と話を中断し、みんなで休憩する。

枡野さんがおやつにベビーカステラやせんべい、コーヒーなどの飲み物を用意してくれていて、それをごちそうになる。航真くんはベビーカステラを食べていた。

おやつに夢中になる航真くんを見ながら、俺もころんとした形の、手のひらサイズのベビーカステラをひとつ頬張る。

こういうものは、お祭りなどの屋台で見ることしかなかった。紙袋に入れて持ってきてくれているけれど、どこかで買って来たものではない気がする。

「美味しい。やさしい味がしますね。もしかして、手作りですか？」

「お口に合ってよかったです。美味しいですよね。今日の午前中に、航真と一緒に作ったんですよ。たこやき器で作るんです」

「ママの！」

突然、航真くんが会話に割り込んできた。

話に入ってくることはまったく気にならないが、その言葉が気になる。

この些細な引っかかりに触れていいものかどうか考えあぐねていると、枡野さんがニコリと笑った。

「そうだね。あ……これは、姉がよく作っていたおやつなんです。航真、そのことはちゃんと覚えているみたいで」

彼女の説明ですべてが腑《ふ》に落ちた。

航真くんは『ママ』と『おかあさん』とで、ふたりの母親を呼び分けているんだ。

だから、さっき手洗い場で航真くんが言っていた、鉄棒が得意だって人は、枡野さんじゃなくて本当の母親のこと。

いつ、航真くんが枡野さんに引き取られたかは知らない。でも、今まだ五歳という航真くんが、本当の母親について覚えている内容はそう多くはないと思う。

「ねえ！　とんぼがいる！　見てきていい？」

「このあたりだけにしてね。迷子になっちゃうから」

「はーい」

少し考えごとをしているうちに、航真くんは靴を履いていて、枡野さんの許可を得てとんぼを追いかけ始めた。ボール遊びも肩車も、虫を追いかけるのも、一生懸命で楽しそうな航真くんを眺めていると、自然と笑顔になる。

「それにしても、白藤さん。子どもの扱いがおじょうずですよね。もしかして、従兄弟さんのお子さんともよく遊んでるんですか？」

「ああ、言われてみればそうなのかも。しょっちゅうとは言えませんが、それでも何度か一緒に遊んだことで慣れているのかもしれません」

「今、おいくつなんですか？」

「従兄弟のところは、一番上が小学校三年生の男の子。下は女の子の双子で、小学校一年生です。上の男の子は、今はサッカークラブで忙しそうですよ」

仕事が忙しくて頻繁には会えないのだが、親族の集まりだったり、従兄弟がちょくちょく連絡をくれて時間が合ったときに会ったりしている。

「クラブチームに入ってるんですね。それに、双子ちゃんですか！　それはご両親もいろんなことに追われて大変ですよね。でも、おうちではお兄ちゃんも妹ちゃんたちの面倒を見てくれたりするのかもしれませんね。ふふ。想像だけで微笑ましい」

きっと彼女は俺の従兄弟の子どもを想像して、柔和《にゅうわ》に笑ったのだと思う。

いつもよりも表情豊かな彼女を見られたことに、なんだか得した気分になった。

つい彼女に見入っていると、いつの間にか航真くんが戻ってきていた。

枡野さんの背後に駆け寄って、意気揚々《いきようよう》と話しかける。

「おかあさん、見て見て」

航真くんが得意げになって見せてきたのは、とんぼだ。あの器用な指先で羽をつまんで満面の笑みで枡野さんへ差しだす。

——次の瞬間。

「きゃあ！　航真、ごめんっ、離れて～！」

振り向きざまに、とんぼの存在に気づいた彼女は悲鳴をあげて身を竦める。

俺はその場に立って、航真くんをひょいと抱き上げた。

「とんぼ捕まえたんだ。すごいな。でも、早めに放してあげようか。友達や家族とはぐれたら可哀そうだし。ほら、高く抱っこしてあげるから」

「わあ、たっかーい！」

いわゆる子どもにする『高い高い』をするなり、航真くんはとても喜ぶ。そうして、手を空に掲《かか》げ、とんぼを解放する。とんぼは、秋晴れの澄んだ空を飛んでいった。

とんぼを見送ったあと、航真くんを地面にそっと下ろすと彼女が小声でつぶやく。

「すみません。私、虫はちょっと……ホントに苦手で」

もうとんぼは放したというのに、いまだに膝を抱えて丸まっている姿を見て、笑ってしまった。

「ははっ。枡野さんって、仕事のときとオフとでは雰囲気が違いますね」

「えっ」と顔をぱっと上げた彼女は、恥ずかしいのかうっすら頬が赤い。

俺はなんともいえない微笑ましさを覚えながら、彼女の隣に腰を下ろした。

航真くんは、今度はバッタでも見つけたのか、地面を見ながら不規則な動きをしている。そんな航真くんを眺めながら続ける。

「イベントであなたと会ったときと、オフィスで見かけるときとで違うなあと感じてはいたんですが」

枡野さんはまだ赤みの残る頬で、じっとこちらを見つめる。その目には、疑問の色が浮かんでいた。どのような違いを感じたのか気になるのだろう。

「イベントで顔を合わせる前から、枡野さんのことは知っていたんです。オフィス内や休憩室などで見かけるたび、目に留まってて。といっても、見かけたのは二回くらいしかありませんが」

「えっ？　私、邪魔していましたか⁉」

途端に慌てる彼女は、心底不安そうな表情だ。

そんな意図はなかった俺は、すぐさま否定する。

「いえ。そういう意味で目立っていたということじゃないので安心してください」

「本当ですか？　ＮＷＣ社だけではありませんが、訪問の際にはお仕事の邪魔にはならないように細心《さいしん》の注意を払っているつもりで……」

「本当です。枡野さんが目に留まったという理由でいうと逆ですから。空気みたいに気配を消しているのを見て、思わず感心してしまったんです」

「お忙しいのはどの企業さんも同じですが、ＮＷＣ社の業務はさらに特別といいますか。毎日、フライトの時間や乗員乗客の安全に徹するよう、集中されていらっしゃるのを知っているので」

〝仕事だから〟というには、あまりに人を慮《おもんぱか》り、自分を後回しにしているようにも見えていた。だけど、彼女と直接話す機会が増えてから、そういう性格なのだとわかってきた。

「休憩室でも、声をかけても大丈夫かどうか見極めるのに、苦戦中なんですよね」

枡野さんは苦笑気味に言った。

「枡野さんなら、いつも気遣って寄り添ってくれているから、そんなに気にしなくても大丈夫だと思うけどね。俺はそう感じてる」

ペットボトルのコーヒーを手で遊ばせながら、自然と本音が出た。

枡野さんの反応がないことが不思議になって、手元から視線を上げる。

彼女を見れば、なぜかぽかんとして固まっていた。

「えーと……。僕、なんか変なことを……言いましたか？」

「あっ、いえ。聞き間違えじゃなければ、さっきは『俺』と……。あと敬語でもなかったので、ふいうちだったと言いますか」

指摘を受けてから、はたと気づく。

「え？　あ……そうだった、かも。馴れ馴れしかったですね。すみません」

「そんなことはないです。ただ、ちょっと急だったから驚いて……。いつも落ちついている白藤さんでも、うっかりすることあるんですね」

そう言って、最後は屈託ない笑顔をこちらに向ける。

不安なことも悩みごとも、なにもないような明るい笑顔を見ると、どうしても考えてしまう。人前では凛としていたり笑顔でいたりする彼女だけれど、ひとりで抱えているものがあるんじゃないか、と。

初めの頃は、子どもを大切に思いながら、仕事も頑張る女性なんだなと応援する気持ちでいた。わずかに意識が変わったのは、彼女から航真くんとの関係を知らされたあと。それから否が応にも彼女が気にかかった。

航真くんと親子になった詳しい経緯や事情は知らない。でも、そんな大事なことを簡単に決断できるはずがない。相当な覚悟が必要なのは想像に難くない。

気丈《きじょう》に振る舞い、平気なように見せているだけで、本当はすごく大きなものを背負っているのではないか。

その考えが確信に変わったのは、保育園から航真くんの発熱の知らせを受けた彼女を目の当たりにしたとき。

ふとしたきっかけで見てしまった彼女の脆《もろ》さに、『支えたい、力を貸したい』と思うのは自然なことだった。しかし、彼女は安易に他人を頼らなかった。

今でも俺は、弱音も吐かず頑張り屋ながらも、どこか危うげな彼女をどうにか手助けしたいと思う。

この感情は、同情や興味本位じゃない。

そして今、心から笑う彼女を見て――。

軽く握った片手を口元に添え、くすくす笑っている彼女に俺は微笑み返す。

「うっかりついでに、普段は敬語なしでもいいかな?」

再び発したフランクな口調に、彼女は少し驚いた顔を見せる。

「は、はい。私は構いませんが」

どぎまぎしている彼女に、心が躍る。普段背負っている仕事や子育てのことを忘れ、等身大の表情を覗かせる瞬間を、やっぱり俺はうれしいと思っている。

「枡野さん。そろそろ遊具エリアに移動しようか。帰る前は園内にあるカフェでコーヒーをごちそうするよ。美味しいおやつをもらったお礼に」

「えっ、あ……ありがとうございます」

その照れるような顔も、楽しそうに笑う顔も、何度でも見たい。

彼女の素の表情はとても貴重で、笑顔は格別だ。

コックピットウインドウから街並みが見えなくなり、一面に広がる澄んだ空になった瞬間の爽快な感覚に似ているかもしれない。

4．ずるい人

通勤中、電車を待っている間にスマートフォンを見る。

今日の天気、ニュース……それから、昨夜の白藤さんからのメッセージ。

【今度はまた別の公園へ行きませんか？　コックピットからも見える東京湾近くの公園なんですが、園内を周遊する子ども向けの乗り物もあるようなので】

何度見ても、困惑する。どういうつもりで、このメッセージを？　航真を気に入ってくれたのかもしれないけれど、それにしても……。

社交辞令にしては、あまりに具体的すぎる〝次〟の話に、一夜明けた今日も、やっぱり混乱した。

電車がホームにやってきたため、スマートフォンをバッグに入れる。車両に乗り込み、窓の外を眺めながら回想する。

昨日は陽が落ちるギリギリまで、航真が白藤さんを離さず、ずっと公園で遊んだ。

帰りは『待ち合わせ場所付近まで乗せてくれたら十分です』と伝えたものの、白藤さんは自宅アパート前まで送ってくれた。私も航真がうとうとしていたのもあり、お言葉に甘えてしまったのだけど。

また遊べるとなれば、そりゃあ航真は大喜びだろう。でも、変に期待を持たせるのも怖くて、航真にはなにも伝えていない。

白藤さんはあんなふうに言ってくれても、実際パイロットの多忙さは訪問の際に目の当たりにしている。だからこそ、そう簡単に予定が合うとも思えないから深く考えることじゃないのかもと思って、昨夜のうちにさらっと返信していた。

【また機会があれば、ぜひ。航真も喜びます。お気遣いありがとうございます】――と。

そのメッセージは、既読だけがついている。

結局、会社に着くまで白藤さんのことを考えていた。

今日は午後から社の研修。二時から始まって、四時すぎに終わる予定だから直帰にした。研修会場を出て、数時間ぶりの外の空気を吸う。

すると、スマートフォンが短く震えた。メッセージだ。

【久しぶり！　たまにお茶でもしない？】

それは高校時代の友人、瑞恵《みずえ》だった。

彼女は独身で、ホテリエとして働いている。お互い仕事が忙しくて頻繁には会えないものの、瑞恵はなぜかいつも誘うタイミングがよく、年に数回は会えている。実際今日だって、早めに帰ろうとしていた日だ。

【久しぶりだね。仕事はもう終わって、これから航真を迎えに行くところ。うちに集合でどうかな？　一時間後には家に着いてると思う。よかったら夕飯一緒に食べよ】

〝わーい！〟と喜びのスタンプと、【必要なものがあったら買いだししていくよ！】というメッセージが来た。

思いがけない予定が舞い込んできて、思わず顔が綻《ほころ》ぶ。

私はとりあえず【ありがとう】とだけ返信し、ひとまず保育園へ向かった。

航真を連れて自宅アパートに着いたのは、午後五時半。

すぐにご飯を三人分炊いて、部屋を軽く片づけて……。

慌ただしく動き回っているうちに、あっという間に三十分が経過する。そのとき、インターホンが鳴った。

玄関に急ぎ、解錠してドアを開ける。

「奈子～！　お待たせ～」

瑞恵はそう言って、私にスーパーの袋を差しだした。私が移動中に瑞恵に買いだしリストを送っていたのだ。

「ありがとう。ごめんね、おつかいさせちゃって」

「こっちこそ！　急にお邪魔してごめん。ケーキも買ってきたんだ。お、航真くん。こんばんは～、お邪魔します。あとでケーキ食べようねー」

「わーい！　どうもありがとう」

航真も瑞恵とは何度も会っているので、もうだいぶ慣れている。

私は瑞恵に航真と遊んで待っていてもらうことにして、急いで夕ご飯の支度に取りかかった。

今日はハンバーグ。瑞恵が買い足してくれたひき肉と、うちにあった肉を捏《こ》ね、朝のうちに炒めておいた玉ねぎを入れて手早く作る。

付け合わせは、昨日作っておいたマカロニサラダ。下にレタスを敷いて、ミニトマトを添える。さらに、豆腐と揚げ、ほうれん草のお味噌汁も用意した。

そうして、一時間もかからぬうちに食事の準備が整った。

三人で楽しく食事をして、航真は早々にダイニングテーブルから離れ、リビングで好きな時間をすごしている。

私と瑞恵は航真を眺めながら、缶チューハイを開けた。

「奈子の髪型、短いのも似合うね」

「そっか。切ってから会ってないんだね。確か去年の冬くらいからずっとこの髪型にしてる。短いと乾かすのも楽で」

瑞恵は私をまじまじと見て、ニコッと笑う。

「奈子、元気そうだね。……もう二年半くらい？　初めは無謀《むぼう》だって思ってたけど、今ではすっかり母親が板についたみたい」

「うん。おかげさまで。ふたりの生活もすっかり慣れた」

航真は相変わらず、動画を見ながらおりがみに夢中。

「航真くん、めっちゃ集中してるね」

「こうなると、名前を呼んでもすぐには返答がないの。でも前に、航真の集中力はすごいって褒められたんだ」

自然と白藤さんに言われた言葉を思いだし、自慢みたいに話した。

「確かに。おりがみの折り方見てたら、手先も器用じゃない？　すごいよ」

旧知の仲である瑞恵に褒められると、素直にうれしい。

瑞恵は高校時代に知り合った、私にとって数少ない気の置けない友人だ。

彼女は昔から面倒見がよく、高校三年生のときに私の実母が他界した際も、なにも言わずにずっとそばにいてくれた。言葉はなくても、隣にいてくれるだけで心強く、なによりも悲しみが和らいだ。そんな瑞恵だから、私は航真を引き取りたいと考えたときにも、彼女には事前に報告がてら相談をしていたのだ。

瑞恵ははっきりとものを言う。けれどもそれは、相手のことを真剣に考えてくれているからだと感じていた。

だから、あのとき……航真を自分の子どもとして一緒に暮らしていくと話したら、『子どもにはグチも弱音も吐けない。逃げられないよ。その子に自分の一生をかけなきゃならないよ』と、ストレートに現実を突きつけられたのだ。

けど、私は彼女の言葉に揺らがなかったし、逆に改めて覚悟を決められた。

「仕事は相変わらず忙しいんでしょ？　奈子の仕事って、覚えること多そうだし。常に勉強しなきゃってイメージ」

「それは確かにそう。資格試験もあるし、新しい商品も次から次へと出るしね」

「ホント、ひとりでよくやってるよ」

「ひとりじゃないよ。会社の上司とかいつも助けてくれるし、航真もいい子で頑張ってくれてる」

瑞恵は缶チューハイに口を近づけながら、小さな声で言う。

「でも、正直な話すると心配。子どもにすべて捧げられるのは尊敬する。けど、子どもはいつか自立するよ。自分の将来のことも、ちょっとは考えたほうがいいんじゃない？」

瑞恵の助言を受け、はっとするも、彼女を見据えて口角をわずかに上げた。

「大丈夫。ちゃんと私なりに考えてる」

航真を引き取ると決めたとき、誓いを立てた。

なにがあっても、航真を大事にする。幼くして両親を亡くした航真に、いつか『幸せだ』と笑ってもらえるように。

それは、私に対する思いじゃなくても構わない。この先、航真が幸福だと感じられる誰かと出会うまで、私がずっとそばで見守ってあげよう——そう決めていた。

同時に、それが私の理想の将来であり、目標だと。

姉夫婦の代わりを務めるのだと、航真を自分の子どもにすると決めたときに覚悟していたから。

手元をぼんやり見つめていたら、瑞恵が口を開く。

「たとえばさ。会社の人もいいけど、もっと身近な人でフォローしてくれる人がいたらいいな、とか思うわけ。私の勝手な願望だけど」

身近な人……。

一瞬、彼が頭に浮かびかけた。しかし、すぐさま彼の存在をかき消す。

私は元々積極的に恋愛をしてこなかった。

姉が結婚し、心から祝福したときも、姉の現状に自分を置き換えてみたものの、結婚する自分をまるで想像できなかった。そして、私はそれを悲観せず、ひとりで生きていくために仕事に打ち込み、貯蓄をしていた。

そんな折、航真がひとりきりになった。あのときに、自然と思ったのだ。

私はきっと結婚しない。航真とふたりで平穏に、健康に生きていくと。

強がりではなく、それが私の幸せになると本気で考えた結果だ。

仕事は大変で、子育てだって簡単にはいかなかった。それでもなんとか、今日までやってきた。そして、私の決意は間違いじゃなかったと今、胸を張って言える。

どんなに大変で、苦労も次から次へと降りかかってきても、航真が元気に笑う——その瞬間、悩みも疲れも吹き飛んで、幸せになる。ただただ、航真が可愛くて、そこにいてくれるだけで心が満たされる。

だから、これ以上望むものなんてない。

そう自分に念押しするように胸の中でつぶやいた。

するると、瑞恵がさっきまでと比べ、少し緩い雰囲気で続ける。

「もちろん、私だって頼ってくれていいんだけど！　奈子は困ってる内容によっては遠慮するでしょ？」

「あ……うーん、どうかな？」

「何年つき合ってると思ってんの。そのくらいわかるよ。まあ確かに、子育ての大変さは想像できても経験はないし、即戦力にはなれないから仕方ないとは思ってる」

瑞恵が頬杖をつき、口を尖らせながら本音をこぼす。

大げさにいじけるような雰囲気を出してきたのは、きっと私が重く受け止めすぎないため。

私は両手を膝に置き、瑞恵とまっすぐ向き合った。

「心配かけてごめん。気にかけてくれてありがとう、瑞恵」

「違うでしょ。ひとりで抱え込むくらいなら、私にももっと心配させてって話よ」

彼女はそう言って、ニカッと笑った。

「ねえ、今度ブッフェにでも行こうか。もちろん、航真くんも一緒に。大人がふたりいれば、ブッフェも大丈夫でしょ？　たまに外食してラクしたらいいのよ」

明るく言い放つ瑞恵を前に、自然と笑い声が出る。

「ふふ。瑞恵のおかげで楽しみができた。今日は声をかけてくれてありがとね」

「そうだよ。楽しみたくさん作って、お互い仕事とか大変なこと乗り切ろう」

そうして話に花を咲かせ、瑞恵は帰っていった。


白藤さんからは、あれから音沙汰《おとさた》ない。私もNWC社エアライン事業部へ訪問していなかったため、会うこともなかった。

今日も代わり映えのない日常をすごし、朝礼が終わり、メールチェックに取りかかろうとした。そのとき、視界に人影が映り込む。

「枡野さん」

部長から声をかけられ、慌てて手を止め「はい」と椅子から立ち上がった。

「昨日、NWC社の矢田部さんから電話があったよ。枡野さんが準備して開催したセミナーについて、頻《しき》りに褒めていたよ」

初めはなにか失敗でもしたかと思ったけれど、むしろ逆の報告を受けて途端に舞い上がる。

「ありがとうございます」

「後任担当を枡野さんにしてよかった。まだ半年足らずで素晴らしい。枡野さんは顧客からの人望が厚いとほかからも聞いているし、この調子でさらに精を出して」

「はい。精いっぱい頑張ります」

喜びをグッと抑え、冷静に深く頭を下げる。部長が去っていくと、小松さんがやってきた。

「すごいね！　部長から、めちゃくちゃ褒められてたじゃない」

「前任の担当さんの資料がよかったんです。でも……褒められると、やっぱりうれしいものですね」

「そりゃそうよ～。子どもも大人も、褒められたらうれしいのは変わらないわ」

小松さんのやさしい笑顔に、こちらもつられて目尻が下がる。

そんなとき、向かい合わせのデスク側から、「うわ！」と声があがった。

私は小松さんと目を見合わせ、斜向《はすむ》かいの席にいた花川さんの様子を窺う。

「なに？　どうしたの？」

小松さんが尋ねると、彼女は眉間に皺を寄せ、ノートパソコンを見ながら答えた。

「私の担当職域の顧客が、また保険解約をしたいって……」

「え？　この間もそんなこと言ってなかった？　同じ人？」

私の知らない話だ。

黙ってふたりの会話を聞いていると、花川さんはやや苛立《いらだ》ち気味に言う。

「違うお客さんです。別の保険会社にしたいからってメールで言われて……。実は、この間のお客さんも同じ理由で解約を希望されて。それも同じ『パシフィックガードジャパン』って、ぽろっと言ったんです」

「えっ、なにそれ。偶然？　それとも……」

「まだわかんないんです……だけど、なにかある気もして。とはいえパシフィックガードジャパンも大手ですし、偶然かもしれないですけど」

パシフィックガードジャパンは、同業他社の大手外資系保険会社だ。

保険の乗り換えは、特段めずらしい話ではない。だけど、どうやら短期間にふたりも……それも、どちらも同じ企業に勤めている顧客で、乗り換え先がパシフィックガードジャパン……？　偶然といえばそうかもしれないけれど、なにかほかに原因が？

「一度お客様のところへ話をしに行ってきます。望み薄ですけどね……」

花川さんが肩を落とす。

私は無責任に慰《なぐさ》めの言葉はかけられず、彼女を見つめるしかできなかった。

――数日後。

仕事を終えた私は、保育園に航真を迎えに行き、やっと自宅アパートに帰宅する。

「ただいま～。あっ、航真。そういえば、お昼におりがみ買っておいたよ。はい」

ダイニングチェアに置いたビジネスバッグの中から、休憩中に百円ショップで購入したおりがみを航真に差しだす。

「わーい！　ありがとう！」

丸一日保育園で遊び尽くしても、子どもはまだまだ元気。

航真は私に言われる前に洗面所へ走り、手洗いとうがいをすませてダイニングテーブルに着く。そして、さっそくおりがみの封を開いていた。

大人の私とは体力が違うな、と感嘆していると、今度は自宅用タブレットを持ってきては、なにやら操作し始める。

「今日はなにを作ろうとしてるの？」

「ボールだよー」

「ボール？　え、どんなの？」

私の質問に、航真はいそいそとタブレットをいじってこちらに向ける。

「これ作りたい」

タブレットの画面には、立体的なサッカーボールの作り方を紹介する動画投稿が表示されていた。

どうやらおりがみを何枚も使い、さらにはハサミも使って仕上げるようだ。

「いやあ……これはちょっと、さすがに難しいよ。あ、こっちは？」

おすすめ関連動画の欄に、平面のサッカーボールの作り方っぽいものを見つけ、指をさす。

「えー。それじゃなくて、こっちがいい。おにいさんにあげたいの。ボールもらった〝おれい〟に」

「白藤さんに？　お礼用だったんだね。そっかあ」

一緒に公園へおでかけした日、白藤さんは本当にサッカーボールやキャッチボールに使用した道具を航真にプレゼントしてくれた。

それ以降、まだそれらの出番はないのだけれど、航真は一日に一度は家の中でサッカーボールや野球ボールに触れている。

航真がものすごく喜んでいることを知っているだけに、それをプレゼントしてくれた白藤さんへのお礼と言われれば無下《むげ》にもできない。

私は動画を数秒じっと見つめ、口を開く。

「じゃあ、とりあえずお母さんと一緒にやってみる？　だけど、やっぱり難しいってなったら、別の作り方のものに変えよう。いい？」

「えっ、おかあさんもいっしょに作ってくれるの？」

航真は、ぱっと明るくうれしそうな顔をする。

そんな笑顔を見せられたら、おりがみが苦手でも手を貸したくなる。

「逆に航真から教えてもらわなきゃならないかもしれないよ？　お母さん、こういうのあんまり得意じゃないの」

「いいよ！　ぼく、教えるね」

「じゃ、先に全部終わらせちゃおう。ご飯もお風呂も明日の保育園の準備もだよ？」

航真は「できる～！」と、てきぱき動き始め、私も手早く料理を作る。

約束通り、明日の準備まで終わらせたのを見届けて、ふたりでダイニングテーブルに並んで座った。

「ちょっと狭いかな？　大丈夫？」

「だいじょうぶ！　へへ。おかあさんといっしょにつくるの、うれしい」

もう、本当に可愛い。可愛すぎて、抱きしめる手にも力が入っちゃう。

「あはは、おかあさん苦しいよー」

「ごめんごめん。航真があんまり可愛いから！」

その後は、動画を何度も巻き戻して繰り返し再生しながら、黙々と作業をする。

航真ひとりではやっぱり難しかったと思う反面、ちょっとフォローすれば、早い段階で理解をして組み立てられる姿を見て、やっぱり手先が器用な子だと感心した。

半分くらいまでできあがってきた頃には、お互いに作業手順に慣れてきて少しずつ会話が増える。

「おにいさん、今どこにいるのかな〜」

航真の口からふいに出てきた話題に、ドキッとする。

「パイロットって、いろんな国へ行くんでしょ？　もしかしたら、すーごく遠くにいるのかな。また会いたいなあ」

航真は純粋に自分の気持ちを言葉にしただけだ。イベントで出会ったときから、白藤さんのことを好きだったから。

けれども、私は簡単に同調することはしなかった。

具体的に彼となにかがあったわけじゃない。偶然が重なって、子ども《航真》絡みでたまたま一緒に出かけてくれたけど……。これ以上は親しくならないほうがいい気がする。

白藤さんとの関係は職域先の社員なのか、プライベート上の知り合いなのか。そこ

それは私だけでなく、彼もきっと同じ。曖昧《あいまい》だと仕事以外にも弊害《へいがい》が出る可能性もある。それは私だけでなく、彼もきっと同じ。

そうして私は、『また会えるといいね』などの言葉はかけずに、おりがみで作り上げたサッカーボールを預かるだけにとどまった。

さらに数日が経った。

私がNWCエアライン事業部までやってきたのは、約三週間ぶり。

八月までは、セミナーの打ち合わせなどで十日に一回は連絡を取ったり訪問したりしていたから、余計に久しぶりに感じる。

いつものように矢田部さんに挨拶をして、子会社のバーズへも顔を出し終えたあとに、空港ターミナル内でふと足を止める。

ターミナルの上階を見上げたまま考えごとをして、しばしの間動かなかった。

しかし、一歩足を踏み出せば、向かう先は三階フロアのいつもの場所。

美味しい和食処があって、その奥にひっそりとテレワークブースがある。

私はほとんど人気のないそのスペースで、立ち尽くす。

この場所に来て、私はどうしたいの。彼に必ず会えるわけでもないのに。そう。白藤さんとの遭遇は、まさに偶然の産物。

そこまで考えたときに、胸に引っかかりを覚える。

本当に？　百パーセント偶然だって言い切れる？　だって、航真からいろいろと預かっているものがあるからと思って、わざわざテレワークブース前まで寄り道することもあった。近くの食事処へ行くのだって、半分は意識していたでしょう？　彼が偶然通りかかるかもしれないって。

自問自答していくにつれ、自分の本心に近づいていく。

きっと私は、彼と会えたらいいなと思っていた。だけど、その理由は……どんな感情かははっきりとしない。ただ、会って話をする――その時間が心地いい。

つまり私は航真のことを抜きにしても、心の隅で彼との偶然を期待していた……？

まるで〝ここ〟が、彼との待ち合わせ場所みたいに。

「――そんなのだめ」

無意識に小さくつぶやいた。

自分の中に、わずかだけれど確かにある小さな『期待』と『下心』。これは、今すぐにでも自制し、捨て去らなければいけない感情だ。

だって、私はこの先の人生を航真に捧げると心に決めた――。

踵を返そうとした瞬間、肩に手を置かれてドキリとする。

振り返ると、そこにいたのは……。

「久しぶり」

「……白藤さん」

制服姿の白藤さんだ。

私は複雑な心情で彼の名前を口にした。

以前までなら、単なる保険外交員として、航真の母親として、彼と顔を合わせていられたのに。今はそのどちらの表情も作れず、取り繕うこともままならない。

言葉も発せず、得も言われぬ焦慮《しょうりょ》に駆られていると、彼はふわりと微笑んだ。

「会えてよかった。ここで直接誘おうと決めていたから」

「誘う？」

内心動転しているのもあり、頭が回らない。咄嗟《とっさ》に聞き返した直後、はっとする。

彼は最後にやりとりをしたメッセージのことを言っているのだ。

あのメッセージを見た直後は身構えてしまったけれど、時間が経ってすっかり記憶が薄れていた。

白藤さんは上品に口角を上げ、まっすぐ私を見て目を逸《そ》らさない。

「ああ。前にも話していた景色のいい公園へ。メッセージじゃなくて、面と向かって、あなたの顔を見ながら誘いたかった。文字だけじゃ拾いきれない感情の動きを見られるだろうから」

『文字だけじゃ拾いきれない感情の動き』……確かに、メッセージならある程度演じられるし、それを見透かされる心配もあまりない。

だけど、こうして面と向かってしまうと……。

「改めて、この間はありがとう。航真くんとも遊べて楽しかった。だから、今度は俺から」

心臓が早鐘を打つ。頬が熱い。こういう反応を隠せなくて困る。平然と断る演技も難しい。

私は跳ね回る心臓に負けぬよう、懸命に冷静なふりをして答える。

「そんな。一度おつき合いいただきましたから、航真もそれで十分です。お気になさらないでください」

大人の対応をできたよね？　笑顔も自然だったはず。あとは白藤さんが受け入れてくれたら……。

必死に余所《よそ》行《ゆ》きの表情をキープしたまま、彼の言葉をひたすら待つ。しかし、彼は私の思惑に反し、なにも言わずにこちらを黙って見続けている。

いよいよ口角が引きつってきたかも、と思ったとき。

「ひとつ伝えておくけど、断る理由に俺を気遣うようなことはなしで。さっきも言った通り、迷惑だとか思っていないし、なにより今回は俺から誘ってるだろう？　枡野さんが苦痛だって言うなら話は別だけど」

「苦痛だなんて……っ」

そんな言い方、ずるい。

それってつまり、今回の誘いを断るには、この間のお出かけがつらかったって思われる覚悟で固辞しなきゃならないってこと。そんなのできるわけないじゃない！

私が返答に困っていると、白藤さんはにっこりと笑った。

「次の約束に異論はなさそうだね？」

まとうオーラは柔らかく穏やかなのに、気づけば彼のペースに乗せられている。

「白藤さんって、すごくやさしいのに、こんな強引な一面もあるんですね」

嫌味で言ったわけではなく、単純に驚嘆してそうこぼした。

すると、彼は一瞬きょとんとした顔を見せ、再び微笑む。

「そう？　よくお世話になる機長からは、『温厚な性格だ』と言われるけど。だとしたら、相手が枡野さんだからかもね？」

相手が私だからって……。それはどういうつもりで言っているの？

「あなたには素を見せてしまうのかも」

唖然として白藤さんを見上げる。彼はふざけているわけでも、皮肉を言っているわけでもなさそうだった。ただ私を見つめ、やさしく目尻を下げている。醸《かも》しだされる好意は、きっと思い違いではなさそうだ。

どんな種類の好意かまではわからないものの、こんな甘酸っぱい雰囲気……どうやってやりすごせばいいか、わからない。

私は堪らず視線を落とし、バッグの取っ手をぎゅっと握った。

「あの日は、航真も私も本当に一日楽しくすごしたんです。それを嘘《うそ》でも『苦痛だった』だなんて言えません」

「あなたは、いつも相手の気持ちを最優先にする人なんだな」

ふいうちの言葉に思わず顔を上げる。

自分ではそんなふうに思ったことなんかなかった。

「今度休日が重なったときに、また出かけよう。あいにく今月の土日は出番でね。来月のシフトが出たらすぐにメッセージするよ」

白藤さんは、なんだかとてもうれしそうに頬を緩ませ、制帽を被る。

私は彼の柔和な笑みに返す言葉もなく、ぎこちなく会釈をした。

「わかりました。お待ちしています」

まんまと彼の策略《さくりゃく》にはまってしまった、というのは言いすぎかもしれない。けれども、結局次の約束を交わした今、そう思うのは仕方のないこと。

白藤さんは制帽のつばに片手を添え、「じゃあ」と軽く挨拶をする。私は広くたくましい背中を見せて去っていく彼を茫然と見送った。

これ以上は親しくならないほうがいいと思った矢先、こんなことになにが厄介かって、彼との約束を本心では嫌だと思っていないところだ。

「はー……。あっ」

ため息の流れで短く声をあげたのは、航真から預かっているものを渡しそびれたことを思いだしたから。

私は慌てて彼のあとを追いかける。

「白藤さん！」

私の声が届いたらしく、彼は階段の手前で立ち止まってくれた。とはいえ、悠々《ゆうゆう》と歩いて彼を待たせるわけにはいかない。私は彼に追いつこうと、そのまま走った。

白藤さんまであと数メートルといったところで足が前に滑る。走っていた勢いもあって、崩れたバランスを立て直すことができそうにない。人前で思いきり転ぶなんて恥ずかしいにもほどがある。

視界に天井が映り始めた次の瞬間、力強い腕で腰を支えられて事なきを得た。

「――大丈夫？　怪我は？」

これまでは見上げてばかりだった彼の顔が、目の前にある。整った眉を寄せて、心配そうに私の顔を覗き込んでいた。

こんなに慌てている白藤さんの顔を見るのは初めてかもしれない。

そんなことが頭をよぎったのも一瞬。腰に手を回され、彼を仰ぎ見る体勢にじわじわと羞恥心があふれでる。私は慌てて彼の手から離れ、距離を取った。

「ご、ごめんなさい。大丈夫です」

身体や足の異変を簡単に確認しながら、パンプスで磨かれたフロアを走るものじゃなかったと猛省する。

まだ、身体に彼の腕の感覚が残ってる――。

「なにか俺に伝え忘れが？」

「あ！　ええと、これを」

我に返った私は、バッグの中からポーチを取り出し、おりがみで作ったサッカーボールを白藤さんへ渡す。

彼は大きな手のひらにそれを乗せ、まじまじと見ていた。

「なんだか毎回すみません。あんまりお渡しするのも困らせてしまいますよね。今度から、航真にもそれとなく控えるよう伝えますので」

「これ、航真くんがひとりで？」

白藤さんは、信じられないとでもいった様子で尋ねてくる。

「あ。いえ、今回は……私も一緒に」

「枡野さんも？　確かこういう作業は苦手だと以前……」

目を丸くしたかと思えば、途端に破顔《はがん》する。

「ありがとう。航真くんにもそう伝えてほしい。ごめん。まだ話し足りないけど、もう行かなきゃ」

「す……すみません、呼び止めて。お仕事頑張ってください。お気をつけて」

気持ちが騒ぐのを抑え込めなくて、早口で捲《まく》し立《た》てて俯いた。

なんだか白藤さんを直視できない。そう思う傍《かたわ》ら、やっぱり彼が気になって、ちらりと目を向ける。彼はこちらが蕩《とろ》けてしまいそうな情に満ちた瞳を残して、今度こそ去っていった。

彼の姿が見えなくなってもなお、動悸は鎮《しず》まらない。

このドキドキはどうやったら治まるの。

白藤さんは誰が見たって魅力的な人。そんな男性にあんな言動をされたら、勘違いしてしまう。私を特別視してくれているのではないかって。

いや。百歩譲って好感を持ってくれているとして、私はなにも変わらないじゃない。どんなときも、一番に考えるのは――最優先事項は航真。そこは天地がひっくり返ったって変わらないのだから。

頭では何度も理解はしている。ただ心は……彼の存在を否定できず、淡い想いが燻《くゆ》るばかりだった。


「え！　今日おにいさんと会えたの？　サッカーボール、なんて言ってた？」

自宅アパートに帰る間、今日の出来事を航真に報告した。

すると航真は目を輝かせ、繋いだ手をぶんぶんと振って質問攻めを繰り返す。

「よろこんでくれてた？　じょうずって言ってた？」

「うん。喜んでた。航真に『ありがとう』って言ってたよ」

「えへへ」と得意げに笑い声を漏らす航真を、微笑ましい気持ちで見る。しかし、心の隅で白藤さんとのやりとりを思いだしては、落ちつかない気持ちにもなった。

「航真は？　今日はおいも掘りする日だったでしょ。ふかしいも、美味しかった？」

「おいしかった！　ぜんぶ食べたよ」

「そっかあ。よかったね」

たわいのない話をして、ざわめく胸の内をごまかした。

そうしていると、自宅アパートが目前となる。集合玄関前に、三十代くらいの男性がひとり佇《たたず》んでいるのが目に入った。

耳にかかるくらいの長い髪で中肉中背。背中を丸めてスマートフォンをいじっている。着古したようなTシャツとジーンズ姿は、申し訳ないけれどお世辞にも清潔《せいけつ》感があるとは言えない。

見覚えのない人だ。たぶん、住人でもないと思う。

なんとなく怪しげな雰囲気を感じた私は、航真の手をしっかり握る。それから、私の後ろに隠すようにして歩いた。

向こうも下を向いてるし、しれっと通過してアパート内に入ろう。

素知らぬふりをしつつ、内心では警戒して進む。

その男性を視界の隅に置いて、素早く通りすぎようとしたときだった。

「あ、大久保《おおくぼ》航真くんじゃない？」

予想だにしない問いかけに、うっかり足を止めてしまった。

『大久保』は、義兄の名前――つまり、航真の以前の名字だ。

なんでそんなことを知っているの？　この人はいったい……。

警戒態勢で男性と対峙《たいじ》すると、その人は急に笑顔を見せてこちらに近づいてきた。

私はじっとりした汗をかいている手で、咄嗟に航真を引き寄せる。二メートルほどの距離まで近寄ってきた途端、男性から煙草《たばこ》のにおいがして顔を顰《しか》めたくなった。

「そんなに怖い顔しないでよ。俺、一応航真くんの親戚なんだからさ」

「……親戚？」

「そうそう。従兄弟叔父？　っていうらしいよー。ほら、証拠に俺も大久保」

男性が見せてきた運転免許証には、確かに【大久保　辰之助《たつのすけ》】と記載されている。

不穏な空気を漂わせる目の前の男性に、人見知りをしないほうの航真でさえも、私の足にしがみついて隠れていた。

「ほら、航真。これやるよ」

すると、その男性は無造作《むぞうさ》にポケットに手を入れたあと、航真に向かってなにかを差しだした。子どもに人気のキャラクターのカードパックだ。

もちろん航真は手を伸ばしはしない。

「結構です」

毅然《きぜん》として断り、私は航真を抱き上げて足早にその場から離れた。

アパートの中に入りながら、『ついてこられたらどうしよう』と不安が頭をよぎったけれど、大久保辰之助という男性は中まで追ってはこなかった。

それでも念のため後ろを気にしつつ、玄関に入ってすぐさま施錠する。

「あの人……〝しんせき〟なの？」

抱っこされていた航真が、ぽつりと聞いた。

あの人は、航真の従兄弟叔父で『大久保』と名乗った。つまり、お義兄《にい》さんの従兄弟ってことだろう。果たしてそれが事実かどうか。

確認するためには、義兄の実家へ出向かなければならない。

義兄の実家へは、年に数回航真と一緒に訪問している。

義兄のご両親——つまり、航真の祖父母にあたる方たちはとてもやさしく、温和だ。

私が航真の今後について相談しに行った際も、私の意見を認めてくれた。

『老い先短い私たちのところや保護施設ですごすよりも、姫乃《ひめの》さんの妹さんであるあなたにお任せできるのだったら、それが一番だと思います。航真もそれを望んでいるようです』と、私と航真との養子縁組の背中を押してくれたのだ。

そういう意味でも、さっきの男性が、あの穏やかなご両親の親戚でもあるということがにわかに信じがたかった。

私は航真を下ろし、膝を折る。

「どうかな。お母さんの知らない人なの。だから、もしまたばったり会って声をかけられても、ついていったりしたらだめよ」

真剣な面持ちで「わかった」としっかりと頷く航真を、やさしく抱きしめる。

ゆっくり腕を緩め、航真の顔を窺うも、まだどこか強張った様子だった。

私はパンプスを脱ぎ、航真を振り返りながら明るく振る舞う。

「航真。ちょっとだけ、おやつ食べよっか」

「えっ？　だって、『ごはんの前はだめ』っていつも言ってるのに？」

「気分転換に、今日は特別。でも、少しね。なにがいい？　チョコ？　グミ？」

そう言って片手を差しだすと、途端に可愛らしい笑顔の花が咲き、うれしそうな声が返ってくる。

「ぼく、グミ食べたい！」

そうして靴を脱ぎ、私の手を握った。

「わかった。それじゃ、靴をきちんと揃えること。終わったら、手を洗っておいで」

「はいっ」

小さな手で靴を揃える航真の後ろ姿を見て、自然と顔が綻んだ。

おやつひとつで無邪気に笑うのだから、本当に可愛い。同時に、私は白藤さんを思いだした。

以前『気分転換にでもなれば』と、グミを私にくれた。

あのときみたいに、今は私が航真の不安を取り除き、元気づけたい。


航真が寝ついたのを見届けて、リビングへ戻る。

航真の従兄弟叔父って言ってた人……また来るのかな。だって、アパート《ここ》を知られているってことだ。十分ありうる。

想像して、ぞわりと身体が震えた。

明日のための準備をしていても、ずっと頭の隅に引っかかり続ける。

そもそも、なんの目的で航真に？　恐怖心が勝って、目的を聞き出そうというところまで考えが及ばなかった。

そのとき、スマートフォンが短く振動した。我に返って通知を確認すると、送信主は白藤さん。

それはそれで、また心臓がドキリと跳ねる。でも、さっきの男性に感じるものとはまったく別物で、当然不快感などではない。

彼からのメッセージは本文がなく、【画像を送信しました】と表示されている。もしかしたら、今日話していたシフトかもしれない。

「わ……」

メッセージ画面を開くなり目に飛び込んだのは、ウォールシェルフに並べられている飛行機の模型と、見覚えのあるおりがみの作品たち。

彼は航真が贈ったものを、こんなふうに飾って大切にしてくれていたのだと初めて知った。

うれしさのあまり、迷いもせずに即返信する。

【綺麗にディスプレイしてくださってありがとうございます】

すると、今度は音声着信が来て慌てた。

深呼吸を一回してから、着信に応答する。

「も、もしもし……」

『こんばんは。シフトがちょうど今日出ていて、電話のほうが早いかと……。今大丈夫だったかな』

「大丈夫、です」

白藤さんの声音は低すぎず穏やかで、なんだかとてもほっとする。

『あ、航真くんはもう寝てるの？　ごめん。だったら電話は迷惑だよな』

「航真はもう寝てますが、一度寝たらほとんど起きないので平気ですよ」

『そうなんだ。……だとしたら、なにかあった？』

「えっ。どうして……」

思いも寄らない質問に驚いた。

まさに今日は『なにかあった』けど、なぜ白藤さんは気づいたのだろう。偶然の声かけにしては、彼はどこか裏づけがあるような言い方だったような……。

『航真くんを気にして小声になっているのかと思ったけど、そうじゃないなら声にちょっと元気がない気がして』

彼の洞察力には舌を巻く。しかし、他人を家庭内の問題に巻き込みたくはない。

「その、今日も疲れたなって。夜、航真が寝たあと、『今日も一日終わったなあ』って脱力するんですよ」

私は笑顔を作って、明るい声を意識する。そうでもしなきゃ、白藤さんなら電話越しにでも表情を推測してきそうな気さえして。

『そう。でも枡野さんは本当に頑張ってると思う。尊敬してる』

思いがけない労りの言葉に、うれしさと戸惑いがせめぎ合う。

「いえ……私だけじゃないですから。どこのお母さんもお父さんも、同じように頑張ってると思います。逆に私はまだ不慣れなことも多くて、いろいろと学ぶ日々です」

『俺は仕事柄、いつでも駆けつけるよとは言えないけれど……。それでも、なにかあったら遠慮なく頼ってほしいと思ってる』

不思議。彼が電話越しにでも私の動揺を察したように、私も直接対面していなくても、自然と彼が今どんな表情で言葉をかけてくれたかわかる気がする。

きっと唇に緩やかな弧を描き、柔和に目を細めて、誠実さがあふれる声でそう言ってくれていたと思う。

心が揺れ動くのを感じながら、スッと瞼を下ろした。

スマートフォンを持つ手に力が入る。

――『もっと身近な人でフォローしてくれる人がいたらいいな、とか思うわけ』

瑞恵の言葉が脳裏をよぎる。あのときも、無意識に白藤さんを思い浮かべた。

白藤さんからの『頼ってほしい』という申し出は、正直言って、すごく心強い。でも、安易に頼ってしまえば、ひとりで頑張れなくなってしまいそう。きっと、弱くなってしまう。

私は気づかれないようにゆっくり大きく息を吸い、静かに吐き出した。

「そのお気持ちだけで十分です。ありがとうございます」

『……いや』

さらりと返すと彼はそれ以上、強引には踏み込んでこない。

そのあとは、お互いのスケジュールをすり合わせ、すぐに通話を終えたのだった。


あれから、自称〝航真の従兄弟叔父の辰之助〟という男性は現れていない。

だけど心から安心することはできず、いつもの帰宅時間を少しずらしたりして、構えながら帰宅している。

そうして時間はすぎていき、気づけば暦《こよみ》が変わって十月初旬。

今日は、白藤さんと航真と三人で二回目のお出かけの日だ。

もちろん、航真は大喜び。私はというと、憂鬱《ゆううつ》なわけではなかったけど、前回みたいに気軽な気分ではいられなかった。申し訳なさと自戒《じかい》の念を抱いていたのだ。

公園で遊び、午後四時頃になったとき、彼がふいに話しだす。

「あと一、二時間すれば、あたりが暗くなってきて、観覧車や向こうに見える橋が綺麗に光る。あと、水平線に陽が沈んでいくのが幻想的なんだ」

「そうなんですか。じゃあ、その景色をいつも機内から？」

「うん。その時間帯にフライトが当たると、ちょっとラッキーって思ったりする」

「ふふ。白藤さんでも『ラッキー』とか思うことあるんですね」

ふいに会話が止まった。しかし、彼はほかに意識が向いたわけではなくて、変わらず私に視線を注ぐ。それは、こちらが恥ずかしくなるほどに、まっすぐに。

「あるよ」

胸が勝手に大きな音を立てる。微笑みとともにひとこと返された瞬間、止まっていた時間が急に動き出した感覚になった。

なにをこんなに動揺しているの。ただの雑談じゃない。その流れで少しの間、沈黙が流れて目が合っていただけ。

心を落ちつかせるために、自分にそう言い聞かせる。

「そろそろ行こうか？」

まだ胸がざわめいて落ちつかない私は、彼の声かけに「はい」とだけ答えた。

すると、白藤さんはベンチから立ち上がり、近くでひとり遊びをしていた航真に呼びかける。それから、航真を間にして三人で手を繋ぎ、駐車場へ向かった。

ここから自宅までは、大体三十分ちょっと。

車が走り出して五分もすると、航真はうとうとし始めていた。

私はさっきのドキドキの余韻《よいん》もあって、積極的に会話を投げかけられずにいた。けれども、視線の先は、彼の凛々《りり》しい目元が映っているルームミラー。運転中のちょっとした仕草も合わせて、密《ひそ》かに眺めていた。

「なんだか、飛行機の操縦しているように見えますね」

私は思わず心の声を口に出していた。しんとした車内でこぼした感想は、当然彼の耳にも届いていると気づき、心底慌てた。

「あっ、勝手なイメージですが！」

あたふたと取り繕った直後、不運にも信号が赤になった。

白藤さんは横断歩道の手前で車を停止させ、こちらを振り返る。彼の艶《つや》っぽい微笑みにドキリとした。

「枡野さんは純粋で可愛いな。航真くんがあなたを好きなのもわかる」

「わ、私が可愛いかどうかは置いておき、そうおっしゃっていただけるのは、すごくうれしいです」

隣に座る航真の寝顔を見つめながら、ぽつりぽつりと続ける。

「もう二度と航真に寂しい思いをしてほしくないから。せめて、私ができることはしてあげたい」

ひとりごとのように紡《つむ》いだ言葉は、航真への大きな思いと自分への誓い。

「前に、航真くんが教えてくれた。ママは鉄棒が得意なんだって」

「あ……それは、実の母親のほうですね。姉は運動神経抜群だったんですよ。私の運動センスは全部姉に回っちゃったってくらい」

「航真くんの呼び分けは、この間なんとなく気づいた」

そうだったんだ。ふたりで遊んでいたときかな。

私は姉を回顧《かいこ》し、遠くを見つめながら話す。

「仲がよくて……私は姉が好きでした。航真が生まれたあとも、しょっちゅう遊びに行ってて」

……だからまさか、突然会えなくなるなんて思いもしなかった。

思いだすと、今でもまだあのときの大きな衝撃と、悲しみが一気に押し寄せる。

涙をごまかすのに再び俯いた次の瞬間、温かい手がふわっと頭を撫でた。

びっくりして涙が引っ込む。私は思わず顔を上げた。すると、白藤さんは慈愛に満ちた瞳を見せたかと思えば、すぐに前方に向き直る。

「俺が尊敬する機長が……ああ。前にイベントで枡野さんと一緒にいた男性なんだけど。あの梶さんって機長に、入社してからずっと言われてることがあって」

「イベントで？　あ……航真を探していたときの……！」

ピンと来て、思わず語尾に力が入った。

白藤さんはルームミラー越しにちらりと目を合わせ、頷く。

「俺たちクルーは常にいい関係を保ち、チームプレーでこなさなければならない。だけど、義務で仲良くするのは限界がある——と。だったら、本当の家族になろう、と言われ続けてきた」

彼はそう話したあと、再びアクセルを踏む。

「いいところは褒め合って、不満があれば腹を割って話し合い、いい意味で遠慮のない関係性を築く。そうして、時間をかけて家族になっていく——あなたと航真くんみたいに」

突然、私と航真の名前を挙げられ、困惑する。

「梶さんは、この先それぞれが別の道を歩むことになったとしても、ずっと〝家族〟

なのは変わりないと言ってくれている。きっと、ふたりも同じだろう？」

白藤さんの横顔を見つめ続ける。彼は柔らかな声で言った。

「どんな状況だって、あなたたちは紛《まぎ》れもなく家族だ」

その言葉は、胸に温かく響く。

私は家族の話を、他人に説明するのを避けている。限られたほんの一部の人だけにとどめているつもりだ。

しかし、それでも事情を知る人たちにさえ、弱音を吐かないように気を張っている。もし私がうっかり弱音でも吐けば、航真《こうま》を引き取ったことを否定されるかもしれない
……そんな不安が常につきまとっていたから。

――白藤さんは不思議だ。

そんな私の不安を癒やすみたいに、温かく寄り添ってくれる。

気づけば、『彼なら大丈夫』と、無条件な安心感を抱いているのだ。

自宅アパートが近づいてきた。

あの会話以降、彼は私になにも言わず車内は静かだった。

その間、私は車に揺られながら窓の向こうを瞳に映しだし、どこか穏やかな心地で

いた。彼のやさしい手の感覚と言葉が残っていたからだと思う。

沈黙の時間は彼なりの思いやりのような気がして、なんだか癒やされた。

あれこれ事情を聞き出して慰められるよりも、ただ一緒にいてくれるだけで十分寄り添ってもらえていると感じられた。

こんなふうに捉えられるのは、彼の人柄がいいからだ。

「航真〜、もう着くよ」

寝ている航真に声をかけ、車から降りる支度をする。

ふとフロントガラスを見た瞬間、心臓が縮む錯覚をするほど驚いた。アパート前に立っている男の人が目に飛び込んできたのだ。

煙草をふかし、あの日と同じような姿勢でスマートフォンをいじっている。十中八九、辰之助という男に違いない。

そう確信した途端、手に汗が滲み、鼓動が速くなっていく。

「玄関付近に人がいるから、少し手前で……枡野さん？」

白藤さんからルームミラー越しに声をかけられ、はっとする。

どうにか取り繕いたいところ。でも、正直あの男が気になって心に余裕がない。

どうしよう。今から白藤さんに別の場所で降ろしてもらうようにお願いする？　だけど、絶対変に思われちゃう。そうかといって、あの人がいるのをわかっていて車を降りるのも……。

頭をフル回転させている間にも、もうアパートまで数十メートルだ。

「ぼく、あの人やだ。こわい」

目を覚ました航真が、開口一番にそう言った。

「え？　あの人って？　あの立ってる男の人？」

白藤さんが尋ねると、航真はすかさず答える。

「うん。前に、ぼくのなまえをよばれたの。知らないおじさんなのに」

白藤さんは「えっ」と声をあげ、もう一度ルームミラー越しに私を見る。

私は即座になにも言えなかったのに、彼は察してくれたのか、車の速度を上げる。

「ごめん、枡野さん。一回通りすぎる」

アパート前を素通りするときに、あの男と目が合わないように顔を窓から背ける。

自宅アパートから遠ざかっていくにつれ、少しずつ嫌な動悸も落ちついていった。

白藤さんは少し先にあったスーパーマーケットに入り、駐車する。エンジンを止めた彼は、ちらりと航真を窺った。

「勝手に判断して悪い。でも、航真くんがあんなふうに言ってるのを聞いたら……」

「あの……一応、親戚らしくて」

「親戚？　一応っていうのは？　……すまない。決してあなたを責めているわけじゃなくて。ただ心配なんだ」

彼は強めの口調で質問を重ねたあとに、いつもの柔らかな口調で弁明した。

もちろん私は責められただなんて感じてはおらず、白藤さんに微笑みを返す。

「航真の……両親の名字を名乗って、自分は従兄弟叔父だと言ってきたんです」

「それは事実なの？」

眉を顰める彼に向かって、ふるっと首を横に振る。

「事実かどうかは……だけど、あの人は航真を知っているようでした。親戚なのは本当なのかもとは思いつつ……」

「なぜ会いにきたのか、理由は確認した？」

「いいえ。余裕がなくて、すぐその場から離れてしまって……」

――理由。指摘されて改めて気づかされた。

なぜ私のアパートに……航真に会いにきたのか。それがわからないから、余計に不気味で怯《おび》えているのだ。私がもっと冷静になって対処できていたら、航真にもこんなに不安な顔をさせなくてすんだかもしれないのに。

「あなたはなにも悪くない」

気づけば下を向いていた私は、彼の声で自然と顔が上がる。

白藤さんはまっすぐな目をこちらに向けていて、今の言葉は心からそう思ってくれているると伝わってきた。同時に重苦しかった胸の内が、少しだけ軽くなる。

思い返せば、彼には以前も似た言葉をかけてもらった。

ＮＷＣバーズの林さんに、体《てい》よくあしらわれたときのこと。

『あなたが謝ることはなにもない。傷つく必要もない』――。白藤さんは、私に向かってそう言った。あのときも今も、彼の言葉に心を救われている。

胸の奥に温かさを感じていたら、白藤さんはシートベルトを外し、落ちついた声音で語りかけてくる。

「状況を整理してもいいかな」

一瞬、彼には一切関係のない問題に巻き込んでいいのかと、ブレーキがかかった。

しかし、すでに迷惑や心配をかけているのを考えたら、話せることだけは素直に話すのが誠意なのかもしれない。

私は白藤さんに、今の状況をかいつまんで説明した。

とはいえ、向こうの目的はわからないままだし、抽象的なことしか伝えられなかった。なにせ隣に航真がいる。航真をこれ以上不安にさせないよう、内容や言葉を選ばなければいけなかった。

真剣な面持ちで私の話に耳を傾けていた白藤さんは、シャープな顎に手を添えてなにやら思案する。

彼は綺麗な瞳を再びこちらを向けた直後、口を開いた。

「あなたや航真くんの身の安全を思えば、今すぐ警察に通報したい気持ちだ。でも、おそらく実害がない段階だし、まともに取り合ってはくれなそうだな」

「そうですよね……」

力なく相槌《あいづち》を返す。

私も初めてあの男に遭遇した日、警察の二文字は頭をよぎっていた。

「まず、その男性の身元を明らかにできるのであれば、はっきりさせたほうが手の打ちようがありそうだ。確認できそうな身内とかはいる？」

「義兄の実家くらいしか……年に数回は会いに行きますので、連絡は取れますが」

義兄のご両親にとって、航真は唯一の孫だ。本当は航真を引き取って一緒に暮らしたかったほどの愛情を持っているご両親だから、定期的に航真を連れていくことに決めている。前回伺ったのは、約三か月前だったと思う。

「ご実家は都内？」

「はい。世田谷です」

「それなら車で三十分くらいかな。まだそこまで時間も遅くないし、ご実家との都合がつくなら今から行こう」

「ええっ!?」

予期せぬ展開に、大きな声が出た。

「じいじとばあばの家？　行きたーい」

両手で口を押さえていると、隣の航真が陽気に言う。

私は航真を「まだわからないから」と窘めたあと、改めて白藤さんと向き合った。

「さすがに、そこまでしていただく理由がありません」

「理由は〝ふたりが心配だから〟じゃだめ？　それに、もしも今行けるとなったなら、俺が航真くんを預かれるから。きっと、そのほうがいいだろう？」

彼はさらりと答える。

確かに、仮に義兄のご両親と今回の話をするとして、航真にはあまり聞かれたくない話だ。

「まあ、すべてはご実家次第だと思うし、まずは電話をしてみたらいいよ。航真くん、お母さんが電話している間、スーパーに飲み物を買いに行こう」

「うん、行く！」

そうして彼は私にアイコンタクトをして、航真を連れて車から離れていった。

私は遠くなっていくふたりの姿を茫然と見つめたあとに、意を決して義兄の母に電話をかけたのだった。


義兄の実家に到着したのは、午後六時前。航真は白藤さんにお願いした。

「辰之助か……。あいつは本当に……」

座卓を挟んだ正面にいるおじさまは、焦燥交じりに頭を抱える。

どうやら例の人は大久保家の中でも問題ありの男——という認識らしい。

あの男はおじさまの弟さんの息子で、確かに航真の従兄弟叔父だった。

「私はその人のことを名前くらいしか知らなくて、なぜ私のところへやってきたのかを確認していないんです。なにか、心当たりはありませんか？　航真が怖がっていて……。目的が明確になれば対策も講じられるかと思って、今日お伺いしたんです」

「本当だな……。なんで奈子さんのところへ……」

おじさまは腕を組み、渋い顔つきで唸るようにつぶやく。おばさまも同様で、懸命に理由を考えるものの、ピンとは来ないようだった。

すると、おじさまが、はっとした様子で顔を上げた。

「航真……？　もしかして、金か？」

それに対し、「そういうこと……！」とおばさまも反応する。

「えっと……お金？　というのは……」

私だけ理解できず、すかさず問いかけた。

いつもにこやかなおばさまが、険しい表情で答える。

「那由多《なゆた》や姫乃さんたちの保険金目当てで、コウくんを手懐《てなず》けようとしているのかも。昔からお金にだらしないのよ、辰之助は」

『保険金目当て』と聞き、絶句する。

つまり、姉夫妻の死亡保険金という資産を持つ航真に目をつけて、やってきたっていうこと？　それが事実なら、とても信じられない。

「お世辞にも頭がいいとは言えないやつだから、今回のことも那由多の事故から数年経って、たまたま考えついたんだろう。まったく……あいつは大久保家の恥だ」

おじさまは、苦虫を噛みつぶしたような顔で続ける。

「会えばガツンと言ってやるんだが、わたしの弟でさえも辰之助とは那由多の葬儀のときで、十年ぶりくらいに顔を見たと言っていたからな。どこでなんの仕事をして生活しているんだか、実の親でも知らん状況っていうわけなんだ」

開いた口が塞がらない。もちろん、おじさまにではない。辰之助に対し、唖然としているのだ。

義兄や義兄のご両親はこんなにも温かく、いい人たちなのに。もしも、本当にそんな理由で近づいてきたのなら、親戚だなんて思いたくない。

膝の上に置いていた手に力を込めていると、おじさまが頭を下げる。

「奈子さん。大久保家の人間がこんな迷惑をかけて、本当にすまない」

おじさまの姿を見て、得も言われぬ罪悪感を抱く。

「ごめんなさい。私がお伺いしたばかりに、余計な心配をかけました」

私も頭を下げて謝ると、おばさまが私の横にやってきて、肩に手を置く。

「いいえ。それは違うわ。これからもなにか困ったことがあれば、私たちにも相談してちょうだい。なにもできなくても……心配くらいは一緒にさせてほしいの」

ゆっくり顔を向けると、おばさまはどこか寂しげな表情で笑った。

「老い先短く、身体も丈夫でないからコウくんを満足に育ててあげられないと、奈子さんにすべてを託してしまったから、せめて……。私たちは、航真を息子として引き取り、育てると申し出てくれた奈子さんには心から感謝しているの」

おばさまが「ね？」と同意を求めると、おじさまは大きく頷き、真剣な面持ちで私を見据える。

「航真のお金は当初の予定通り、奈子さんが守っていてください。あなたが航真に必要だと判断したときには、遠慮なく使ってほしい。那由多もそう思っているはずだ」

「はい。お義兄さんだけでなく、姉も同じくそう望んでいると思います」

ふと、脳裏に仲睦まじく寄り添う姉夫婦が浮かび、私は笑顔で返したのだった。

それから、航真と合流して玄関先でご両親と対面させ、少ししてお暇《いとま》した。

時刻は午後七時。外はすっかり暗くなっていた。私は白藤さんとの待ち合わせ場所のコンビニエンスストアまで、航真と手を繋いで歩く。

「あ。いたよ！　おにいさーん」

白藤さんの姿を捉えた途端、航真が駆け寄る。別行動している間に、ますます懐いて仲良くなったみたいだ。

「ふたりとも、おかえり。もうそろそろかと思って、中華まんを買ってみたんだけど……夕飯前にまずかったかな？」

そう言って、彼は手にぶら下げていたビニール袋をこちらに見せる。

「ありがとうございます。航真、今日は特別ね」

「やったあ！」

普段、こんな時間に間食はしない航真は大喜び。

コンビニエンスストアの敷地内に停めてあった白藤さんの車に移動し、航真を先にジュニアシートに乗せる。

「はい、航真くん。まだ少し熱いかもしれないから、気をつけてね」

白藤さんが航真に渡した中華まんは、テレビアニメの人気キャラクターの形をした商品だった。

航真は両手で受け取ると、一日の疲れも吹き飛んだような満面の笑みを見せる。

「わあ、かわい～！　いただきまーす」

大きな口を開けて頬張る航真を見ると、ほっと力が抜ける。車を汚さないようひとこと添えたのち、後部座席のドアを閉めた。振り向いた直後、白藤さんに言われる。

「枡野さん、コーヒーでいい？　今、温かいの買ってくるよ」

「いえ、もうこれ以上は申し訳ないので」

「自分の買ってくるついでだし、苦手じゃないなら一緒に」

そんなふうに誘われると断るのも悪い気がして、結局受け入れてしまった。

コーヒーを買ってくれているのを外で待つ。数分後、彼は両手にコーヒーの紙カップを持って店から出てきた。

「お待たせ。どうぞ」

差しだされた紙カップを、両手で丁重に受け取る。

「なにからなにまでお世話になって、すみません。ありがとうございます。いただきます」

白藤さんは私と向き合ったまま、車に乗り込もうとはしなかった。だから、なんとなく私もその場にとどまった。

ちらりと窓越しに航真を見れば、うれしそうな顔でまだ中華まんに夢中だ。

「お義兄さんのご実家で、なにかわかった？」

彼から質問を受け、車に乗らずにいた理由を察する。

航真の耳に入らないよう、気を使ってくれているのだ。

「ええ。少しですが」

私はそのまま、さっき得た情報を簡潔に説明する。

辰之助はお金目当てで来たのだろう、という推論を伝えるなり、白藤さんは綺麗な顔を歪《ゆが》めた。いつもはやさしい表情が多いから、怒っているふうにも取れる険しい顔つきに、ちょっと委縮《いしゅく》する。

彼はなにかを抑え込むように深く息を吐き、話しだす。

「そう。もしもそれが事実なら、今後もいろんな手段を使って航真くんに接触してくる可能性もあるな。被害に遭ってからじゃ遅い。が、現実は危険が及ぶか、そのギリギリまでにならなきゃ警察は対応してくれないだろうな……」

「そう、ですよね」

「どこか一時的に身を寄せられる場所は？　実家や友人とか」

「実家は……難しいかなと。父は再婚していて、義母とその子どもと暮らしているので。親しい友人も、恥ずかしながら多くはなくて」

そもそも、父の家は近くもないし……。友人といえば、一番に浮かぶのは瑞恵ではあるけど、変に巻き込んでしまうと……と考えたら頼るのも怖い。

それに、瑞恵は恋人と暮らしているから、そこにお世話になるのは気が引ける。

「でもそうですね。一時的に自宅を離れるのは、精神的にもいいかもしれません。どこか手頃なビジネスホテルでも探してみます」

本当はこんなことで出費するのは嫌だけど、背に腹は代えられない。一時のことであってくれたらいいと願うばかりだ。

平気なふりをして見せるも、実際は手にあるコーヒーを飲む余裕さえ生まれない。

「どこもあてがないなら、俺のマンションに来る？」

突然かけられた言葉は、あまりに非現実的なもので一瞬思考が停止する。

思わず白藤さんの顔を見る。彼は真剣な目で、まっすぐ私を見つめていた。

「さすがにそれは――」

「『申し訳ない』はいらないよ。今日の約束のときにも言ったけど、俺から提案しているんだから」

「で、でも……」

こちらの言い分をさらりと一蹴《いっしゅう》され、あたふたするばかり。

白藤さんからは善意しか感じられない。だけど、ときどき彼の笑顔ややさしい言葉に、うっかり勘違いしそうになっている。

私を特別気にかける理由なんて、航真《ひとつ》しかないのに。

「確か、母子生活支援施設などへの避難《ひなん》は一時的なものだったはず。うちなら好きなだけいてくれて構わない。セキュリティも万全だから、悪い話じゃないと思うよ」

そんなことまで……？　もしや、別行動をしているときに調べてくれていたとか？

驚嘆するばかりで、瞬きも忘れていた。

白藤さんは緊張感のある空気から一変、ニコリと笑った。

「俺、仕事柄家を空けてることが多いから、そんなに気にならないと思う。元々部屋は余ってるし、品川駅から三駅しか離れてない場所なんだ。保育園や通勤にはそんなに不便にはならない立地だよ。航真くんの負担をなるべく軽くしてあげたいだろ？ホテル暮らしは気が休まらないって、俺は身をもって知っているから」

彼が説明する情報には、拒否するような箇所はない。それでも、やっぱりそう簡単に頷けなかった。

いくらなんでも甘えすぎだ。しかし、現状の生活では不安が残る。

胸の内でせめぎ合っていると、左頬に手をあてがわれた。その手の温《ぬく》もりに、自然と視線が彼に向く。

「今、優先しなければならないことは、体裁《ていさい》とか俺への遠慮じゃないはず。航真くんと、あなたの身の安全の確保だろう？」

凛々しい目で告げられた言葉に、はっとさせられた。

航真を一番に考えていく――。それは、私が掲げた目標であり、決定事項だ。

独身男性のもとへ身を寄せるのは、いろいろなリスクを負うと考えるべきではある。

だけど、白藤さんなら信頼できると思っていることも事実。

コーヒーを見つめながら頭の中で何度も考え、腹を括《くく》った。

私はおもむろに頭を下げ、その体勢でお願いする。

「すみません。しばらくの間、お世話になってもいいですか……？」

「はい」

白藤さんの、短いながらしっかりとした返答を受け、ゆっくりと姿勢を戻した。

再び目を合わせた彼は、心から安堵したみたいに頬を緩める。

「そうしてくれると俺も安心できる」

瞬間、こんな状況にもかかわらず、胸が微《かす》かにきゅんと音を鳴らした。

これ以上はごまかしようがない。こんなに素敵な人を前にして、一緒にいてときめかないほうが難しい。それでも、私は懸命に芽生えた感情から目を背ける。

その夜から、私と航真は車で十分ほど離れた白藤さんのマンションに寝泊まりすることとなった。


自宅アパートを離れ、今日で三日目。

白藤さんは、昨日から三日間、国内線のシフト。昨日は帰宅時間が遅くなるから、気にせず先に休んでいてと告げられていたため、先に休ませてもらっていた。そして、今朝は私が起きるよりも早く出社していった。

今夜は午後六時頃にはオフィスを出られる予定と聞いていたので、お世話になっているお礼も兼ねて、彼のぶんも夕食を準備する。

白藤さんのマンションは、彼も言っていた通りセキュリティが素晴らしい。共用部であるエントランスは二十四時間遠隔《えんかく》で監視されていて、不審者を確認したらすぐに通報されるシステムだ。

私のアパートはオートロックもなく、個別玄関前まで誰でもやってこられる。この違いは、思った以上に心にゆとりを持たせてくれた。

二十五階建ての最上階に位置する部屋で、間取りは3ＬＤＫ。スタイリッシュな造りでとてもおしゃれな、テレビで観るような素敵な部屋だった。

一室は書斎、もう一室は寝室。残りの一室は少し物を置いているだけで、確かにあまり使っている形跡はなかった。その八畳の部屋を、一時的に私と航真が使わせてもらっている。

キッチンを借りて料理をしていると、リビングで遊んでいた航真が「見て～！」と、ブロックのおもちゃを私に見せてきた。

対面キッチンだと、料理をしながら様子が見られてすごく楽だ。私のアパートは壁つけキッチンだから、そういった違いにも気づく。

「じょうずだね！　飛行機でしょ？」

「そうー。これは、おにいさん」

そう言って、小さな指先で器用に人型のパーツをはめている。

航真はこの三日間で、すでにここでの生活に順応したらしく、いつも通りにすごしている。今遊んでいるブロックは、白藤さんが公園へ行った翌日のオフを利用して、以前話してくれた従兄弟さんのところから、わざわざもらってきてくれたものだ。

料理も終わり、キッチンから出てエプロンを外しているときに、玄関の錠が開く音が微かに聞こえた。廊下に意識を向けていると、足音が近づいてくる。

リビングのドアが開いて姿を見せたのは、もちろん白藤さん。

「おかえりなさい」

なんでもないふりをしているけれど、内心そわそわして落ちつかない。

『おかえりなさい』だなんて、より親しい間柄にでもなったみたいで……。

「ん……ただいま」

すると、白藤さんがどこか歯切れの悪いような、ぎこちない返答をする。

やっぱり、いくら短期間の同居とはいえ『おかえりなさい』だなんて、図々しかったのかも。間借りしている立場なのに、我が物顔でそんなふうに迎え入れるのは違和感があって当然だ。

「ごめんなさい」

「え？　なにが？」

「自分の家のように『おかえりなさい』だなんて言って、変でしたよね……」

おずおず伝えると、彼はきょとんとする。

「ああ、ごめん。違うよ。帰りを迎え入れてもらったのがうれしくなっただけ」

顔を綻ばせて本当にうれしそうにそういうものだから、思わずほっとしてこちらも同じ表情になる。私は緩む頬をごまかして、視線を泳がせた。

「えっと……あっ。すみません、散らかってて……航真、片づけてくれる？」

「えー。もうちょっとだけー」

航真はこちらを見もせず、ブロックをいじりながら片づけを渋る。

白藤さんはそんな航真のもとへ足を向けると、目線の高さを合わせてやさしく話しかけた。

「いいよ。もう少し遊んでいても。ご飯の前には一緒に片づけような」

仕事で疲れていても、子どもに対して余裕のある対応ができるなんてすごいな。もちろん、知り合いの子どもだからやさしく接しているのはあるんだろうけど、そうだとしてもなかなか簡単にできることじゃない。

こちらに戻ってきた白藤さんに、声をかける。

「あの、お風呂の準備してあります。それと、食事もしよかったら」

「ありがとう。カレー？　いい匂いが玄関先までしてきてて、一気にお腹が空いたんだ。ふたりはもう食べたの？」

こんなやりとりにドキドキしている自分がいる。けれども、平静を装って答えた。

「まだこれからです」

「じゃあ先に夕食にしよう」

「あ！　先にお風呂でも全然構いません。ほら、あの通りまだ遊んでますから」

慌てて航真を見やって遠慮すると、彼は「そうだった」と相好を崩し、「すぐ戻るから」とバスルームへ移動していった。

三人で食卓を囲み、航真は寝る直前まで白藤さんとブロックで遊んで眠りに就いた。

しかも、寝かしつけをしてくれたのは白藤さん。

私が洗い物や明日の準備などがあったこともあるけれど、一番の理由は航真が白藤さんを離さなかったからだ。

白藤さんがリビングにひとりで戻ってきたのに気づき、ダイニングチェアから立って頭を下げる。

「ありがとうございます。寝かしつけまで……」

「こちらこそ。あどけない顔で眠る航真くんを見てたら癒やされた」

そんなふうに言われるとやっぱりうれしい。私も毎晩同じことを思うから。

「よかったら、ほうじ茶を一緒にいかがですか？　インスタントですが」

「ありがとう。いただくよ」

私はキッチンを借りて、カップをふたつ用意する。そこに白藤さんもやってきて、私の横に並んだ。

「好きなの？　ほうじ茶」

「ええ。日課みたいに夜はこれを飲んで、仕事の準備をしたり保育園のおたよりや連絡帳を読んだりするんです。なんだか、ほっと落ちつけるんですよね」

「そうなんだ。あ、お湯はそこに」

白藤さんはウォーターサーバーを視線で指し示してくれた。

お湯を注いでスティックの粉を混ぜ終えると、彼がさりげなくカップをふたつ手にしてダイニングテーブルへ移動した。そうして向かい合って席に着く。

お互いに「いただきます」と言って、ひと口お茶を啜った。私が先にカップを置き、話を切り出す。

「明後日はお休みでしたよね？　私、その日なるべく早く戻りますので、今後の相談というか、お話しさせていただいてもいいですか？　こう……なし崩し的になってもよくないなと思ってるので、きちんと期限を決めたいなと」

早めにちゃんと話をしたいと思っていた。

ここへ来た日はいろいろあって疲れていたのもあり、すぐ休ませてもらった。翌日以降、お互い仕事のすれ違いから、腰を据えて話をするタイミングがなかったのだ。

白藤さんはカップを戻し、ニコリと笑う。

「その話なら今でも構わない。期限は、現段階ではまだはっきり決められない。ふたりが安全な生活に戻れると客観的に判断できるのが望ましい、というのが俺の意見」

咄嗟になにも返せなくなった。

ここへ一時避難させてもらっている理由は明瞭だ。だけど、現状は辰之助があきらめてくれるのを待っているだけ。他力本願《たりきほんがん》ともいえるから見通しが立たない。

私だって、『もう大丈夫』とはっきりしてから戻れたら一番だ。でも、そうなるまでここにいさせてもらうのは、それこそ現実的ではない。

下を向き考え込んでいると、視界に白藤さんの手が映り込み、人差し指でトントンと音を鳴らされた。それを合図に顔を上げると、ほっとするような彼のやさしい笑顔に気づく。

「そんな困ったような顔しないで。大丈夫。早期解決に向けて、俺もできる範囲で力を貸すつもりだから」

「ごめんなさい。私……本当は誰にも迷惑をかけるつもりはなかったのに」

急に情けない気持ちがぶわっと押し寄せて、思わず弱音を吐く。

瑞恵にも言われたくらいだから、普段から人を頼る習慣がなかったのだと思う。だからって、こんなのちのち大きな問題になりそうな件だと、迷惑の度合いが違うというのに。

「知り合ってまもないときから、すごくしっかりしている人だなと思ってた。責任感が強いぶん、人に甘えるのは苦手なんだ？」

「苦手っていうか……やっぱり極力迷惑をかけたくはないですし。ひとりでもなんとかしていく覚悟で航真を引き取ったわけなので」

テーブルの上に置いていた手を合わせ、ぎゅっと握る。

「そういう枡野さんを、職場の人や友達みんなが自然と応援したいと思ってるんじゃない？　きっとみんな、あなたになら喜んで手を貸してくれる気がするけど」

「そうですね。職場でも、皆さんのフォローにいつも助けられています」

誰も頼りにしていないわけじゃない。実際、チームのみんなには助けられる場面は本当にたくさんあるし、そのぶん私もフォローできるときはしたいと思っている。

小松さんや花川さんたちの顔を思い浮かべたからか、自然と頬が緩んだ。

「俺にもそうやって笑ってくれたら、それでいい。心苦しく思う必要はないから」

「『それでいい』……って」

気を使ってそんなふうに言ってくれているのだろう。

彼の純真な瞳から、私に心を開いてくれているのが伝わってくる。だけど、これ以上は踏み込ませたくはない。きっと、私の〝覚悟〟が揺らぐ。

「ほかになにかほしいわけじゃない。あなたが笑っていたら、それだけで――」

そのとき、どこかからドンッと音がした。

私たちは目を見合わせ、音のした方向を見る。

「あ……っ。航真かも。いつも寝相《ねぞう》が悪くて。ちょっと様子を見に行ってきますね」

席を立って、そそくさとリビングを出る。航真が寝ている部屋に向かう前に、深く息を吐いた。自分の胸に片手を当てる。

ドキドキと大きな音がしてる。意識しないって心がけてても、どうしても平常心でいられなくなっちゃう。

まさか、こんな淡い恋情を抱く日が来るなんて。

自分の心の中でだけ、本音を白状する。

本当は白藤さんに惹かれている。だって、あんなに魅力的な人だもの。好きにならない要素なんかおよそ見当たらない、完璧な人。だけど、これは誰にも……白藤さん本人はもちろん、航真にだって気づかれてはだめ。航真が寂しい思いをするかもしれないことは、絶対にしない。

気持ちを立て直した私は、航真のもとへ足を向ける。蹴飛《けと》ばしていた布団をかけ直し、そっと頭を撫でた。

リビングに戻ったあとは、さっきの話の続きをする雰囲気でもなく、もう休もうという流れになった。それぞれの部屋に移動し、私は航真の隣に横たわり、膝を抱えて目を瞑《つむ》った。

けれども、白藤さんの存在が頭から離れず、なかなか寝つくことができなかった。

翌朝は、なにごともなかったように自然に振る舞うことができた。朝はなにかと準備に追われて、忙しかったのもある。

今日は私が白藤さんに見送られ、先にマンションを出てきた。

その後、余計なことを考えるまもないほど多忙を極め、気づけばもう午後五時半を回っていた。私は慌てて仕事を切り上げる。

保育園まで約三十分。保育園の玄関が見えてきたとき、中から男性が出てきた。

着古した服に、汚れたスニーカー。そして、姿勢の悪い歩き方。

その俯きがちだった顔が、ふいにこちらを向いた。瞬間、ひとことでは言い表せない感情が身体中を駆け巡る。

辰之助！　まさか、こんなところにまで……!?

握った拳を震わせる。

それは驚きと怒り、あとは不安と恐怖――。

「あー、どうも～」

私と視線がぶつかったその男は、飄々《ひょうひょう》と挨拶をしてくる。

まさか、航真に会いに？　こんな場所まで調べ上げて？　ううん。もしかしたら、会うなんて可愛いものじゃなくて、そのまま連れていこうとした可能性だってある。

問いただしたいけど、大きな憤りが先に来て、うまく言葉を発せない。

「いやー。こんなボロい保育園でも、案外セキュリティ対策しっかりしてるんだなあ。感心感心」

さも、保育園のセキュリティを試してやったような言い方をしているけれど、明らかにこの男の言動は常軌《じょうき》を逸《いっ》している。

「ここでなにをしてるんですか……」

「たまたま近くに来たから、航真に会えるかなーと思っただけだよ。思いつきでさ」

「たまたま？　どうして保育園《ここ》を知っているんですか」

手のひらに爪を食い込ませながら、声を絞り出す。

辰之助は一瞬ギクッとした表情を浮かべたものの、すぐに態勢を立て直す。

「まあほら。親戚だし、風の噂《うわさ》で聞いたことがあったんだよ」

ヘラヘラと笑って平気で私に近づいてくる。

「嘘言わないで！　知っているのは私とお義兄さんのご両親だけよ」

「なんか誤解してる？　ちょっと落ちついて話そうか～」

辰之助が私の背後に回り、両肩に手を乗せられそうになった、そのとき。

「わっ！　な、なんだ!?　誰だよ、あんた！」

私はまだなにも抵抗していない。

後ろを振り返ると、見知らぬ男性が辰之助の腕を掴んでいた。

長身で筋肉質の身体つきをしたスーツの男性は三十代後半くらいだろうか。彼が私の肩に触れる直前に阻止してくれたようだ。

同じ保育園を利用している保護者？　行事などでも見たことがないけれど……。

その男性は、至って冷静な態度で手を離す。

「失礼。女性に同意なく触れようとしていたところに遭遇したもので」

助けてくれた男性は紳士的でいて、常に冷静なのが頼もしかった。

「はあ？　いや、勘違いだから。俺は彼女と遠い親戚なんだよ」

「たとえ親戚であっても、相手が不快に思う接触は控えたほうがいい」

堂々とした振る舞いと、丁寧な口調で相手を退《しりぞ》ける姿を見て、私は無意識に目の前の男性に白藤さんを重ねていた。しかし、それも束《つか》の間《ま》。

「これは、わたしからの助言ですよ、大久保辰之助さん」

その男性の発言に衝撃を受ける。なぜ辰之助を知っているのだろうかと混乱した。

「『なぜ名前を知っているのだ』と聞いてこないわけは、心当たりがありすぎるからでしょうか？　消費者金融のみならず、違法な金融業者を複数利用……窮地に陥り、返済に困っているようですし」

「な……なんでそれを」

辰之助の狼狽えぶりを見ると、見知らぬ男性の言葉は事実なのだろう。

男性は私の隣にやってきて、辰之助と真正面から向き合い口を開く。

「こちらの女性の息子さんを、私的に利用しようと企《たくら》んでいましたよね？」

思いも寄らないことにまで言及されて、辰之助だけでなく私も動揺する。

この男性の正体と意図がわからないだけに、私まで警戒心を強く持ってしまう。

「はっ？　いきなりなにを！　お、俺はただ、会いに来ただけだ」

辰之助は、私に弁明したのと同じ内容で男性に向かって反論する。

ひととき忘れていた苛立ちが再燃し、感情的になりそうなのを懸命に抑える。すると、男性はまるで私に『落ちついて』と言わんばかりの穏やかな口調で言う。

「奥様にはなにも答えていただけませんでしたが、数人のご友人から『従兄弟の死亡保険金を持っている子どもがいた』と触れ回っていたという証言は取れています」

私はぎょっとして男性を見た。そしてすぐに、辰之助を睨《にら》みつける。

辰之助は取り繕う余裕もなくなったのか、あからさまに慌てふためいていた。しかし、強引に気持ちを立て直したようで、語気を強める。

「あんた、何者だよ。探偵か？　でも勘違いだって。俺とその女は知り合いで——」

性懲《しょうこ》りもなく辰之助がこちらに手を伸ばしてきた瞬間、今度は左肩を抱かれて引き寄せられた。

心底驚いた理由は、肩を抱いたのは私の左隣にいる男性ではないことが明らかだったから。

予想もできない展開に翻弄されすぎて、感情がめまぐるしい。

私の肩を抱く腕を視線で辿っていくと——。

「しっ、白藤さん!?」

彼は息せき切ってやってきたらしく、肩を上下させ、額に汗を滲ませていた。

「遅いぞ、昴」

「悪い」

白藤さんがどうしてここに……と疑問を抱いていた。けれど、男性が白藤さんの名を呼んだことで、男性の正体が明らかになった。

さっきから、まるで私の味方みたいに隣にいてくれた男性は、おそらく白藤さんの従兄弟さんだ——。横顔がどことなく白藤さんに似ている。

背丈のある男性ふたりが揃ったせいか、辰之助はますます青ざめていく。

「彼女の自宅アパートと周辺の住人複数人から、集合玄関先での待ち伏せ行為の証言を取っている」

白藤さんが淡々と告げると、従兄弟さんもそれに続く。

「刑法二二五条、営利目的略取罪《りゃくしゅ》――営利目的じゃないと言い張ったところで、同法二二四条未成年略取罪に該当する可能性が極めて高いが」

「略取……？　なんだそれ」

訝しげな声でつぶやく辰之助に、白藤さんは毅然と宣言する。

「今回は百歩譲っての〝警告〟だ。次にまた、彼女や子どもの周りをうろつきでもしたら、即刻告訴する」

「は!?　なんだよ、告訴って！　俺は別になにも……っ」

白藤さんの背中に守られている現状に、私は申し訳なさよりも安心感を抱く。こんなにも頼もしい人がそばにいてくれる、その幸福を噛みしめる。

今度は従兄弟さんが動き、辰之助に名刺らしきものを差しだした。

「申し遅れました。わたしはこういうものです」

そろりとそれを受け取った辰之助は、声を震わせる。

「べ、弁護士……？」

そのつぶやきには、私も衝撃を受ける。

弁護士なの？　でも、そうだとすればさっきまでの応酬《おうしゅう》に納得がいく。ずいぶん用意周到《よういしゅうとう》で刑法についても詳しそうだったもの。

私が驚いているのをよそに、白藤さんは低い声を放つ。

「このままごねるなら、証人が増えるいっぽうだぞ？　こっちは、今すぐ告訴に向けて動き出したっていいんだから」

「そ……そんな大ごとにするような話じゃ……ない、だろ」

気づけば周囲には、保育園へのお迎えに来ていた保護者がちらほら。その人たちの視線を感じてか、辰之助の声は萎《しぼ》んでいった。

そうした弱気な態度の辰之助に向かって、ふたりが順に畳みかける。

「こちらには、あなたが複数回にわたって、故意に彼女の生活圏へやってきた証言と物証があります。もちろん、今日ここへ来たことも記録に残しますね」

「仮に今、刑法違反とみなされて身柄を拘束されたら前科がつく。そうなれば、職場や日常生活に影響が出るだろうな。なによりも家族が一番傷つくんじゃないのか」

辰之助は瞬きも忘れているのか、ひどく怯えた形相で声を絞り出す。

「わわ、わかった。もうふたりには関わらない。だっ、だから、告訴は！」

そう言いながら後退し始める辰之助を、従兄弟さんは先回りをして逃げ道を塞ぐ。

そして、手慣れた様子でカバンからファイルを取り出した。

「では、こちらの念書にご署名いただけますね？」

そうして、辰之助は私たちに見られながら署名を終えるなり、駆け出そうとした。

「自分でしたことの後始末くらい、まともな方法で解決しろよ」

白藤さんが辰之助の背中に向かって言葉をかけると、一度足を止め、それからまた逃げ出すようにこの場を去っていった。

ふたりがこちらを振り返った直後、尋ねる。

「白藤さん、これって――」

白藤さんは私の背中にポンと手を添え、微笑んだ。

「ちゃんと説明する。まずは航真くんを迎えに行っておいで」

私は無言で頷き、隣の従兄弟さんであろう男性にも会釈をして、保育園へ急ぐ。

これで解決したのだと、心からほっとして涙が滲んだ。

数分後。航真と手を繋いで戻ると、変わらずふたりが待っていてくれた。

航真はそのうちのひとりが白藤さんだとわかるなり、手を離して彼に駆け寄る。

「おにいさん？　わあ、なんでいるの？　おむかえにきてくれたの？」

「そう。航真くんに早く会えたらいいなと思ったんだ」

白藤さんはその場にしゃがみ、航真と目線を合わせて答えた。

「このひとはだれ？　おにいさんの、おにいさん？」

航真は次に、白藤さんの隣にいる男性が気になったみたいだ。

すると、白藤さんはスッと立ち上がり、隣の男性を手のひらで示す。

「この人は俺の従兄弟で、まあ航真くんの言う通りお兄ちゃんみたいなものだ」

やっぱり！　白藤さんの従兄弟さんだったんだ。

航真が『おにいさんの、おにいさん』と言ったのもわかる。今、ふたりが並んだところを改めて見ると、やっぱりなんとなく似ている。

「初めまして。ご挨拶が遅れてしまい、申し訳ございません。わたしは白藤侑李《ゆうり》と申します。いつも昴がお世話になっています」

侑李さんはお手本みたいなお辞儀をして、わざわざ私にも名刺をくれた。

【白藤侑李法律事務所　弁護士　白藤　侑李】

さらに裏面には【The law offices of Yuri Shirafuji　Attorney at law　Yuri

Shirafuji】と英語で記載されていた。

「侑李はカリフォルニア州で弁護士をしていた時期もあるんだよ。今は日本を拠点としてるけど」

私が名刺をまじまじと見ていたからか、白藤さんが補足してくれた。

「海外でもご活躍されていたなんて、すごいです。申し遅れました。私は枡野奈子です。昴さんには、こちらのほうこそいつもお世話になっています」

深々と頭を下げたあと、顔を上げたときにニコッと笑いかけられる。

「ここで立ち話もなんですから、昴のマンションにでも移動しましょうか」

「その前に警察に行く。被害届が受理されなかったとしても、相談履歴を残しておきたいから」

白藤さんが言葉尻に被せて言うと、侑李さんは苦笑する。

「了解。まあ証拠は揃ってるし、受理はしてくれると思うけどね」

そうして、近くのパーキングに移動する。私たちは全員で侑李さんのワンボックスカーに乗せてもらい、その場から移動したのだった。

白藤さんのマンションに着いたのは、午後七時半頃だ。

途中、品川区内の警察署に立ち寄り、被害届を提出してから帰宅したため、こんな時間になってしまった。

明るい照明のあるリビングで侑李さんを見ると、なんていうか、数年後の白藤さんがそこにいるみたい。目元とか微笑み方とか……雰囲気がとてもよく似ている。

そこに、白藤さんがコーヒーを淹れ、ダイニングテーブルに持ってきてくれた。

白藤さんと侑李さんは並んで座り、私はふたりの向かい側の席に腰を下ろす。

「ありがとう、昴。いただきます」

「いや。俺のほうこそ。今日は先回りしてくれて助かった。本当にありがとう」

私はふたりの会話を聞き、侑李さんに問いかける。

「先回りということは、やっぱり今日は偶然居合わせたわけではないのですね。つまり、今回の件は白藤さんが依頼を？」

「依頼というほど仰々《ぎょうぎょう》しいものでは。初めは相談を受けただけです。わたしが個人的に協力したいと思ったので、少し手を貸したにすぎません。昴は優秀で、法律についての知識もなかなかなんですよ」

「えっ。じゃあ、大久保辰之助がこの数日故意につきまとい行為をしている証拠があるって、白藤さんがおっしゃってましたけど……まさか、白藤さんが何度もアパートに足を運んでくださったんですか？」

今度は白藤さんに向かって、前のめりで疑問を投げかける。

私の親族のいざこざで、ふたりに大きな迷惑をかけたと思うと居た堪れない。

肩を窄《すぼ》めていると、ふたりで目配せをしたのち、侑李さんが答える。

「ああ。そのあたりは知り合いの探偵がいるので。わたしも現地へ直接出向きましたが、一度だけですから」

「た、探偵って……」

日常生活を送っていて、身近では聞かない単語を耳にして度肝を抜かれた。

そこまでしてくれていたなんて、当然ながら気づきもしなかった。

言葉が続かずに茫然としていたら、白藤さんが侑李さんに頭を下げた。

「ほかにもいろいろ情報や証拠を揃えてくれて、本当に助かったよ。恩に着る」

侑李さんは白藤さんを見て、なぜかニンマリ顔だ。

白藤さんもそれに気づき、怪訝《けげん》そうに眉を顰める。

「なに。気味悪い顔して」

「別に、なんでも。とりあえず俺の手助けはここまでだから、あとのことはふたりで、協力してどうにか頑張って」

どことなく『ふたりで』を強調しているように聞こえたものの、あえて追及せずに私は「ありがとうございます」とお礼を言った。

「じゃあ、俺はそろそろ。枡野さん、また」

「はい。今回は、大変お世話になりました。ありがとうございます」

そうして、侑李さんは颯爽《さっそう》と帰っていった。

玄関先で侑李さんを見送ったあと、隣にいた白藤さんが私に深く頭を下げる。

「今回のこと、勝手なことばかりした。ごめん」

思いがけない謝罪に困惑する。

謝られることなんてひとつもない。こっちがお礼を言うくらいだ。

「枡野さんと航真くんを守るためとはいえ、個人的な事情を勝手に話してしまった。あなたになんの相談もせず」

気まずそうにする彼から、おもむろに視線を落とした。そして、今回奔走《ほんそう》してくれた彼に思いを馳《は》せる。

「確かにそうですね。でも、それらに対する不信感や不快感はまったくありません。……なんとなく、その理由もわかってますから」

私は身体の前で手を重ね、白藤さんの目をまっすぐに見つめた。

「これまでことあるごとに、私が遠慮したり心苦しさがあるような反応しかしてこなかったから、白藤さんは私に言えずに独断で動いてくださったのではないですか？」

白藤さんと交流が始まってから、まだ半年も経っていない。それでも、彼の人となりはなんとなくわかっているつもりだ。

本来の彼なら、当事者である私になにも言わず、独断で行動に移しはしなかっただろう。でも今回は、きっと緊急性や危険性を鑑《かんが》みて、侑李さんの力を借りたほうがいいと判断してくれたと察する。

そして、私が今日まで二言目には遠慮する言葉を出してきたから……。

私の推測を白藤さんに伝えると、彼は片手で口元を隠し、なにか言葉を探している様子で黙った。その間も、私はじっと見つめ続ける。

白藤さんは口元から手を外すと同時に、話しだす。

「それもあるけど……俺の事情が大きな理由。仕事の間は、どうしてもそばにいられないから。でも、なにも策を講じずにいて、俺が不在のときになにかあったら耐えられないと思って……。たまたま侑李は弁護士で、適任だった」

彼はどこまでも思慮深く、温かい。

「本当にどうお礼を言えばいいのか……。今回の費用はおいくらでしょうか。私、こう見えても貯蓄はしているので、きっとお支払いできると思います」

「費用はかかってないから、気にしなくていい」

「それはありえないと思います。侑李さんは慈善事業じゃないでしょう？　少なくとも、外部への仕事依頼は普通に費用が発生しているはずです」

白藤さんにももちろん、なにかお礼をしなければならないとは考えている。でもまずは、侑李さんにきちんとした報酬を渡さなきゃ。

私が食い下がると、白藤さんは大きな手を今度は額に当てる。

「はー、あなたには敵《かな》わないな」

そうつぶやいて、こちらを一瞥し、「ふっ」と笑った。

「けど、侑李は親族価格だって言ってくれたから、本当に気にするような金額じゃない。第一これは俺が勝手にしたこと。一刻も早く法的措置によって解決させたかったんだ。だから、枡野さんからお金はもらわない」

白藤さんの顔には、〝これは譲らない〟と書いてある。

彼は頭の回転も速く、気遣いじょうずだ。これはもう、私に分《ぶ》はないだろう。

致し方なく、彼の言いぶんを呑むことにする。

「わかりました。でしたら、私になにかお返しできることがあるときには、ぜひおっしゃっていただけますか？」

「そのときはお言葉に甘えるとするよ」

私が「はい」と答えると、白藤さんは柔らかく微笑んで言う。

「よし。この話はおしまい。夕食の準備をしよう」

私と白藤さんとで協力し、急いで夕食の支度をする。

頭の隅で気になっていたことが解決したおかげで、久しぶりに心から楽しい夕食の時間になった。


午後十時には航真が寝て、それぞれの時間をすごしていた。

私はダイニングテーブルを借りて仕事をして、白藤さんはソファで本を読む。

まるでもう何年もこうしてすごしていたかのような、日常感。彼はやさしく心地がいい雰囲気の人だから成り立っている。じゃなきゃ、同居生活たった数日で、こんなふうに穏やかにすごせない。

明日の準備に目処《めど》がついたあとも、私はノートパソコンの画面を見ていた。しかし、頭の中では仕事についてではなく、今置かれている状況を整理していた。

義兄のご両親からは、辰之助は特に乱暴な性格だとか聞かなかったし、実際に何度か対面した印象だと、暴力的な行為はできないタイプだと思う。今日、弁護士の侑李さんと白藤さんが発した『告訴』って言葉だけで、ずいぶん焦っていたし、きっとおとなしくなる気がする。被害届の効果で、警察もしばらくは自宅や保育園近辺の見回りも強化してくれるだろう。

よかった。もうここにお世話になる理由はなくなった。数日とはいえ、子ども連れで泊まれば白藤さんも気が休まらなかったに違いない。いくら航真を可愛がってはくれても、やっぱりこれまでの日常とは違うペースになる部分があれば、どこかで気疲れするはず。

私はノートパソコンを閉じ、白藤さんに顔を向ける。

「白藤さん。お疲れのところすみませんが、もう少しだけいいですか？」

「うん？」

彼は本を閉じ、こちらを見る。私は席を立ち、彼の前まで移動して頭を下げた。

「今回のこと、とても助かりました。おかげでここ数日はかなり安心して生活できましたし、明日からはこれまで通り暮らせそうです」

どうしてだろう。白藤さんの顔をまともに見られない。

彼から射るような視線を感じるのに、それに応えられない。

「明日からは自宅に戻ります。それで、申し訳ないのですが、明日夜まで荷物をここに置かせてもらってもいいですか？　仕事が終わり次第、急いで取りに来ます」

少し早口になってしまった。それでも、聞き取れないほどではなかったとは思う。

けれども、彼からはすぐに返事が来なかった。

心臓がドキドキする。この緊張の原因は……。

「それなんだけど、もう少しここにいるのはどうだろう」

口を開いたかと思えば、そんなセリフが出てきて戸惑いを隠せない。

だけど冷静になって考えたら、心配してくれてのことだと解釈できた。

「え、と……まだ安全だと思うには早すぎますか……？」

「それも少しある」

「それも？」

言葉を繰り返して首を捻る。直後、突然白藤さんに手首を掴まれた。触れられた驚きで、思わず彼を見る。

白藤さんの瞳はとても真剣で、私の手首を掴む手は熱を帯びていた。

「ほんの数日だけど、あなたが多くのことをひとりで背負って頑張っているのを実感した。想像以上に大変なことだったんだって認識したよ」

彼の口から語られる〝私〟については、もちろん自覚はあった。

この人に理解されていると思うと……弱気になってしまう。あまりに自然と甘えさせてくれるから、〝決意〟が揺らぐ。

「朝早くに家を出て、保育園へ寄ってから出社して……。夜に航真くんを迎えに行って帰宅して、家事とその合間に航真くんのお世話。そして、航真くんが寝静まったら仕事の準備。そのままじゃ、身体を壊しそうだ」

瑞恵にも、小松さんや花川さんにも同じように声をかけてもらったことはある。

そのときは、笑って『大丈夫』って受け止められたのに。

「挙げ句、今回みたいな面倒に巻き込まれて精神的にも休まらないだろう？」

どうして白藤さんの前でだけ、こんなにも心が揺れるの。

「以前、航真くんの発熱で呼び出されていたときの枡野さんを見たときから、ずっと気がかりだった。あなたの抱えているものを全部引き受けることはできなくても、そばに誰かがいるだけで心の支えにはなれないかな」

彼の視線や声、指先……すべてから、情熱的なものが伝わってくる。

ここまで来たら、もうさすがに気づかないふりはできない。

彼は私たちを特別に想ってくれている。

それは、明らかな好意――。そして私も……。

「俺もひとり暮らしは長いから、ある程度の家事もできる。航真くんと遊ぶこともできる。航真くんも、俺と遊んでいるときは楽しそうにしていると思ってる」

いまだに私は彼に対し、なにも言葉を出せない。

もうこの先はないと決めつけて捨てた『恋心』と、航真への『誓い』がせめぎ合い続けている。

そんな中、白藤さんはひとつひとつ丁寧に気持ちを伝えてくれる。

「とはいえ、家を空けることも多いから、残念ながら毎日サポートするとは言えない。でも休みが合えば、航真くんを連れて遠出もできる。近くの公園に俺が連れていってもいい。その間、枡野さんは少し休めるだろ?」

そこまで具体的に想像して、考えてくれていたなんて。

胸の奥が熱くなる。でも、私は自分の中に感じた衝動を抑え込み、平静を装う。

「そんなことを簡単に言わないでください」

笑顔を作って、線を引く。

「もしものときを考えておく重要性は、私が一番わかってます。仕事上でも、あの子を引き取ると決めたときも」

白藤さんなら、私が距離を置きたいと考えているのも伝わっている。きっと、掴んでいる手をもう離すはず……。

「お気持ちはとてもありがたいですが、そこまでしていただく理由がないです」

自分で突き放したのに、手を離される瞬間を想像して、胸の中が寂しくなった。

その矢先。

「確かにそうだ。理由を先に伝えるべきだった」

彼は私の手首を離すどころか、そのまま強引に引き寄せる。悲鳴をあげるまもなく、彼の足の間にかろうじて転ばずに立った。

さっきよりもうんと近い距離で、彼は私の両眼を覗き込んで言う。

「枡野さんが好きです。ずっと気になってた。あなたの笑顔を近くで見ていたい」

自分の鼓動が、こんなにもうるさく聞こえることがあっただろうか。

油断したら表情から気持ちから、なにもかも緩んでしまいそう。

私は掴まれていた手をスッと後ろに引き、彼の手から逃れた。

「本当にすみません。白藤さんのような素敵な方からの好意をお断りするなんて」

下を見たまま動かぬ私に、彼は変わらず心地いい声音で問う。

「素敵か……。そんなふうに言ってくれるのに、受け入れられないのはなぜ？　ぜひ聞かせてほしい。じゃなきゃ、改善することもままならない」

「……白藤さんは、私にはもったいないほど完璧で魅力的だと思ってます。だからこそ、複雑な環境にいる私ではなくて、ほかにもっと幸せな未来を歩んでいけるお相手を選ぶべきなのではないか、と」

そこまでどうにか口にして、そろりと彼の顔を窺う。視界に入った彼の熱い眼差しに、小さく肩を揺らした。再び深く俯くと、今度は両手を握られる。

「悪いけど『ほか』なんていない。俺にとって、ふたりの代わりはいないんだ」

想像の上をいく言葉に、胸を打たれた。

私の心は大きく揺れ動き、なかなか言葉が出てこない――。

まさか、航真の人生を背負っていくと決めた道中で、こんなふうに想ってもらえる人に巡り合えるなんて。

繋がれた手を握り返すか否か、真剣に考える。

航真を一番に考えて生きていく。航真を必ず幸せにする。

それが自分に立てた誓い。

「航真を好きだと言っていただけるのは、素直にうれしいです。ただ、白藤さんのその感情は……同情から来るものではないでしょうか。実際うちは、そうどこでも耳にするような家庭環境ではないと思っていますから」

「それはない」

あまりにはっきり即答されて唖然とした。

それほど、白藤さんの中で私たちへの気持ちは固まっているということではと思うと、ますます決心が鈍りそうだ。

「俺はあなたや航真くんが〝幸せになったらいいな〟と思うんじゃなくて〝俺が幸せにできたらいいな〟と願ってる」

「私は……いいんです。航真が幸せになってくれたら、それが一番なので」

「自分の幸せは？」

「航真といられることが幸せなんです。それで十分」

後半は、嘘じゃないはずなのに、白藤さんへの回答というよりも、どこか自分に言い聞かせている錯覚に陥った。

私の些細な動揺に気づいてか、彼はさらに言葉を重ねる。

「航真くんが巣立ったあとは？　航真くんだって大人になったとき、あなたがずっとひとりきりだったら心配になると思う。自分の幸せをあきらめる必要はないはずだ」

痛いところを突かれた。

航真が大人になったときを想像することは、もちろんある。そのときの自分がどうしているか、現状そういう部分からは目を背けていたのは否めない。

彼の意見に異論はない。だけど、どうしても……航真に対して後ろめたい気持ちも生まれちゃう。なにより、白藤さんはこんなにも魅力的な人だ。もっとお似合いの女性なんて、いくらでもいる。それがわかるから、ますます勇気も自信も持てなくなってしまう。

「枡野さん」

真剣な面持ちで名前を呼ばれる。それだけでドキドキして、この心音が目の前の彼にも届いてしまいそうだ。

「……はい」

「俺の父親は航空機に使用する部品も製造している会社を経営している。俺はそれをきっかけに航空機のほうに興味を持ち、父が部品という形で関わった航空機が飛ぶところを知りたいと思ったんだ。実際に自分の手で操縦したい——と」

思いがけない話題に、手を繋がれた状況も束の間忘れ、話に集中する。

白藤さんの眩しいくらいまっすぐな目を見られない私に対し、彼はこちらをずっと見続けている。目が合わなくても、それを感じられる。

「空を飛んでいる光景をただ見るだけじゃ満足できないのはわかりきっていた。だって、誰かの手によって叶えられる夢なんかないだろ？」

誰かの手によって――。

それは私が航真に対して抱いた感情に似ているかもしれない。

私は航真が養護施設へ送られることに同情したのではない。私の大好きな姉夫婦の子どもであり、私にとっても大切な甥である航真を、他人の手に任せることに抵抗を感じていたのだ。

自分の手で幸せにしてあげたいんだと、強く思った気持ちは今も確かに胸にある。

過去を思い返していると、白藤さんが私の顔を覗き込む。

「あなたのことも、それと同じ気持ち。誰があなたを支えたっていい。でも、俺が一番でありたい。自分の手で俺たちのこれからの幸せを作っていきたい」

彼の深い想いを聞き、私は数秒かけて決意を固める。

そうして、そっと彼の手を解いた。

「ありがとうございます。でもごめんなさい。私、意気地なしで……。お気持ち、すごくうれしかったです」

本当にうれしかった。なにより、航真を大事に思ってくれていることが、一番。

だけど、この問題で重要なのは私の恋心ではない。

航真の人生を、他人に半分背負わせていいものか……。

深く頭を下げたのちに、笑顔で明るく伝える。すると、彼は「ふう」と息を吐いた。

私はおどおどと彼の出方を待つ。

「わかった」

同意の言葉を聞き、ほっとするような寂しいような複雑な心境になった直後。

「性急すぎた。戸惑うのも当然だよな。あなたを優先するって思っていたのが、裏目に出たら意味がない」

離れたはずの手を、また握ってそう言われる。

「明日は俺オフだから、枡野さんが仕事から帰ってきたら車で一緒に荷物を運ぶよ」

「あ……ありがとうございます」

戸惑っていると、白藤さんは手をきゅっと握り、私を見上げて破顔した。

「枡野さんと航真くん、ふたりの生活に俺も少しずつ溶け込んでいくようにする」

「……なに、言って……」

「だから、これまで通り連絡もするし、誘いもする」

開いた口が塞がらない。それじゃあ、結局今までと変わらないことに……。

「本気で無理だと思うなら、断って」

彼は打って変わって、真面目で真摯《しんし》な瞳で言い放つ。

ここで『無理です』って言えば終わる話だ。頭ではわかっている。でも、これまでの彼との時間は私にとっても癒やしで特別な時間だった。

それを思いだしてしまったら、嘘をつきたくてもつけなくなる。

「本当……白藤さんはずるすぎます」

小さな声でぽつりとこぼした。

違う。彼がずるい云々《うんぬん》じゃなく、私が自分に甘いのだ。こうして、離しても何度も掴みに来てくれる温かな手に、うれしいって思っているんだから……。

自己嫌悪に陥っている私の前で、白藤さんはうれしそうに目を細める。

そんな顔を見たら、私はまた自分に甘く、都合のいい言動しか取らなくなりそう。

ふいに、つんと手を軽く引っ張られる。その拍子に下がっていた視線を上げた。

「〝昴〟って呼んで」

「えっ、そんな急に」

彼は次から次へと私を翻弄し続ける。

「だって、侑李だけずるいから」

「ず……ずるい？」

茫然として聞き返すと、白藤さんは無邪気な笑顔でコクコクと頷いた。

かっこいいのに可愛いなんて、どういうことなの。

「ずるいとかそういう問題じゃ……。『白藤さん』がふたりだったから、たまたま」

「ああ、そうだ。さっき言ってた『お返し』。名前で呼ぶことにしたい」

「そんなお返しって……！」

白藤さんに乞うような目を向けられ、白旗を振る。私は一度項垂れ、気を取り直して彼を見た。

「……わかりました、昴さん」

やっぱり、なんだか……とてつもなく恥ずかしい。

顔を背けるのはあからさますぎるかと思って、目だけを逸らす。すると、「ははっ」という笑い声に誘われるように、彼を一瞥した。

「ありがとう、奈子さん」

ふいうちがすぎる。自分が赤面しているのがわかる。それほど、顔が熱い。

「なんか呼ばれ慣れません、それ」

ぶっきらぼうに答えて、高揚する気持ちを抑えようとした。

「そう？　友達からは、なんて？」

「友達は普通に『奈子』って呼び捨てで――」

なにも考えず答えたあとに、はっとする。今、私余計なことを言った！

すると、彼はすかさずニッと口の端を上げる。

「奈子。そろそろ寝る？」

破壊力のあるワードと色っぽい笑顔にドキッとする。

「寝ます！　もう私、頭の中がパンク寸前です……」

ようやく解放された両手で顔を覆《おお》う。結局、『さん』がついていようがいまいが、白藤さんに下の名前を呼ばれるだけでどぎまぎさせられるのだ。

指の隙間からちらりと見えた昴さんは、破顔していた。

5. 大事なこと

昴さんのマンションから自宅アパートに戻って、数日経った。

昴さんとは、自宅アパートに戻った翌日も航真と三人でお出かけした。

というのも、荷物を積んでアパートまで車で送ってもらったその日、航真が昴さんと離れるのをものすごく悲しがったからだ。

あの夜の告白からまたすぐにそんな展開になって、否が応にもそのあとも彼のことを考えてしまう。

今日は連休明け――三日ぶりの出勤。余計なことは一切考えず、集中しなくちゃ。

会社のデスクに着いて気を引きしめ直し、手帳を開いた。

「はあ……そうなんだよね」

自然と出たため息とともに、ぽつりとつぶやく。

よりにもよって、どうして今日の職域訪問をNWC社にしちゃってるんだろう。

昴さんとのあれこれを回想しては頭を抱え、無言で悶絶《もんぜつ》する。

スケジュールは月初めにすでに決めていたもの。まさかこんなことになるとは思いもしなかったし、仕方がない。

そうして私は、今度こそ頭を切り替えて、午前中にアポイントメントのあるお客様の資料確認を始めたのだった。


あっという間に昼が来た。

今日の訪問のメインは子会社のＮＷＣバーズだから、あまり昴さんのことを意識せずにすんだ。

契約更新や変更などの案内が必要な顧客を順に回り終えるも、達成感よりも妙な違和感を抱いていた。

今日はときどき視線を感じた。意図的にこちらを見ている人が多かった気がする。それも、決して好意的ではない雰囲気で……。

思いだすと胸がざわっと嫌な感覚に襲われる。だけど、なにも心当たりはない。商品案内や対応に不備はなかったと思う。

とはいえ悶々としていたのもあり、今日は空港内で昼食をとるのはやめた。

次の訪問先へと移動し、夕方には拠点に戻って報告書や来月の準備を進めた。

来月は、定期的にやってくる〝保険月〟。いわゆる強化月間だ。目標が多少高く設定されるものの、それをクリアできたときの報奨金も条件がいいので、みんないつも以上に頑張る。

かくいう私も、普段ももちろん真剣に仕事に打ち込んでいるけど、ダイレクトに収入に関わってくるものだから、準備段階から気合いを入れる。もちろん、〝顧客のため〟が第一。ニーズに合った商品を提案し、不安や疑問に対して真摯に相談に乗り、そこで契約をいただくのが理想だ。決してこちらの都合で無理強《むりじ》いはしない。

それは入社する前から……この仕事に就こうと決めたときから思ってきたこと。

自分の原点を改めて振り返り、これまでなにも恥じる行動をしたことはないと確認する。そうして、今日NWCバーズで感じた不穏な視線に振り回されることはない、と自分で自分を鼓舞《こぶ》した。

その夜。夕食もお風呂も終え、ようやくひと息ついたタイミングでスマートフォンに着信が来た。相手は昴さんだった。

直接顔を合わせるわけでもないのに、内心慌てて前髪を整える。

航真は着信音に反応して一度こちらを見たけれど、再びおりがみに向き直る。

「はい。枡野です」

『こんばんは。今、大丈夫？』

昴さんの声は、スピーカー越しに聞いてもやさしく、耳に心地いい。

「ええ。ちょうどいろいろと落ちついたところです」

『よかった。ああ、なにか用事があるわけじゃないんだ。ちょっとだけ、声を聞きたくなった。昨日は上海《シャンハイ》発のフライト時間が遅くなったから今夜にしたんだ』

これまで、彼と電話で話す機会はそう多くなかった。さらに、具体的な用件もなく着信を受けたのも初めてで、ドキドキする。

「え……と、当たり前ですが、あちこちいろんな国へ行かれてるんですね。すごい」

『そうだね。来週はシカゴのフライトにアサインされてる。戻りは金曜日』

「シカゴ……遠いですよね？」

『約十二時間ってところ。だけど、機長《キャプテン》と、もうひとり俺と同じFO……あ、副操縦士のことなんだけど。全員で三名のパイロットが同乗して、交代しながら目的地を目指すから』

交代しながらとはいえ十二時間……。私も仕事を家でやったりすれば、一日の労働合計時間はそのくらいになるときもある。だけど、常に安全に気を使って操縦するパイロットには、また別の大変さがあることは容易に想像できる。

「そうはいっても、やっぱり疲れますよね。今日はゆっくりできましたか？　確か、昨日まではお仕事で、今日明日は休みだって」

三日前に会ったとき、彼からそう聞いていた。

『今日は午前中にジムに行って、そのあとは買い物をして、夕方くらいからは家でゆっくりしてたかな。奈子は？　仕事忙しかった？』

「私は……」

ふいに、今日の職域先での居心地の悪い視線を思いだす。けれども、漠然と居心地の悪さを感じただけで、実際になにか言われたわけでもない。そんな話をしたところで昴さんを困らせるだけだ。

「いつも通り。あちこち訪問して回ったら、あっという間に時間がすぎてました」

『本当に毎日忙しそうだ。家でも仕事してるんだろうし。週末くらいはゆっくりするといいよ』

「そうですね……。ええと、じゃあそろそろ」

ぎこちなく通話を終える流れを切り出すと、昴さんはさらっと『そうだね』と返してくれた。

ほっとしているのは、彼からの電話が苦痛なのではなくて、どうにも胸がドキドキして落ちつかないから。

そんなことを密かに思っていた矢先。

『また電話する。おやすみ』

「お、おやすみなさい」

どうにか挨拶を返し、通話終了ボタンを押す。

通話時間が表示され、通常画面に切り替わったスマートフォンを見つめる。

数日間、彼のマンションにお世話になっていたとき、『おやすみ』なんて言葉は直接交わし合っていた。だけど、電話越しは……。本当、電話だとなんだかまた感じ方が違うというか……やけに昴さんのいい声が耳に残って離れないというか。

――『ふたりの生活に俺も少しずつ溶け込んでいくようにする』

「あれって、こういう……」

思わずつぶやき、熱を帯びた頬に手の甲を当てて冷やした。

数日後。十月も残すところ十日を切った。

今日もまたいつも通り航真を保育園に送り、仕事に追われる日常だ。

お昼は定例の職域訪問。そうして、昼どきを少しすぎた午後二時に、たまたま近くにあったカフェに入店した。

サンドイッチをオーダーした直後、メッセージの着信音が鳴る。

仕事の連絡かと慌ててスマートフォンを確認すると、メッセージの送信主は昴さんだった。

【今週の土曜か日曜、予定が空いてたら会いたい】

絵文字もない、シンプルな文面。それでもなぜか柔らかい空気を感じられるのは、彼がやさしい人だともう十分すぎるほど知っているから。

私は手帳でスケジュールを確認し、返信する。

【日曜日でしたら、今のところ予定は入っていません】

【じゃあ、そのままなにもなければ、どこか出かけよう。これから出国するよ。帰国したらまた連絡する。行ってきます】

彼の早いレスポンスに、【お気をつけて】とだけ返した。

メッセージひとつでドキッとしたり、安心したり、うれしくなったりする。

こんな感情、いつぶりだか思いだせないくらい、遠い昔のもの。

「シカゴ、か……」

スマートフォンの検索履歴から、再び世界地図を眺める。

実は電話をもらったあの夜、シカゴの場所を改めて地図で検索していた。もちろん都市名は知っていたけれど、詳細な知識はなかったのだ。

調べてみるとアメリカの中央付近に位置していて、全米で三番目に大きい都市だとわかった。

昴さんは、フライト時間は約十二時間って言ってた。そりゃあ、地図上でこの距離だもの。そのくらいかかるよね。

それから、サンドイッチとコーヒーをお腹に入れ、外回りを再開する。

航真を迎えに行けたのは、午後七時すぎ。今日は仕事が立て込んで、延長保育になってしまった。

帰宅して食事を終えたら、入浴をすませる。そして、私は片づけやら保育園からのノートの確認やらをして、航真は好きな遊びをする。お決まりの流れだ。

絵本を眺める航真を横目に、最後の洗濯物を干し終え、近くの掛け時計を見る。

今は午後九時半。昴さんは空の上——。

今日は時間を確認するごとに、そんなふうに彼のことを考えていた。それは、航真が眠りに就き、隣に寝転がったあとも。

一度寝返りを打ち、あと何時間くらいで到着するのだろう、なんて思いながらはっとする。

結局、彼の気持ちに距離を置いたのは建前で、実際はこんなに彼を気にしている。

このまま、こんな時間が続いていくの……？　いや。さすがに昴さんのほうが、見切りをつけるはず。だけど、私は……。もしかしたら、この淡い恋情が薄れていったとしても完全に消えないまま、すごしていくかもしれない。

身体の向きをそっと変えて、航真の寝顔を見る。やさしく頭を撫でながら、冷静になった。

それでいい。数か月前までは、航真以外の誰かと一緒に生きていく可能性なんて持ち合わせていなかったのだから。

私にとって航真は重荷でもなんでもなく、生きがいだ。血の繋がりのない他人が、私と同じように受け入れられるかといったら、そのほうが希少なことだ。

家族になったとして、いつしか軋轢《あつれき》が生じるようにでもなったら……そんなに悲しいことはない。なによりも、航真を傷つけたくない。

そう胸で言い聞かせつつ、昴さんと航真がふたりで楽しそうにすごしている光景を思い返す。

……でも。私の強情が航真の幸せを邪魔している可能性だってあるんじゃ……。仮に昴さんが父親役を引き受けてくれると言えば、航真はものすごく喜ぶはずだ。それは考える余地もなく、自然と答えが出てくる。

なにが正解かわからない。これまで、自分の考えが揺らぐことなんかなかったのに。〝正解〟なんて表現も、今ではなんだかしっくりこない。

まさかこんなふうに家族の形を考えるきっかけに出会うなんて、一ミリも想像しなかった。

翌朝は、あまりすっきりしないまま朝を迎えた。

航真を起こさぬよう、そっと布団から出る。リビングに移動し、テレビの電源を入れた。

いつもつけているチャンネルに合わせると、流れていたニュースを耳で聞きながらキッチンに向かう。お茶を淹れるためにお湯を沸かし、朝食の準備を始めていたときだった。

『次は飛行機事故のニュースです』

テレビから聞こえてきた言葉に、思わず反応する。

開いていた冷蔵庫の扉を閉め、キッチンからリビングへゆっくりと移動する。その際、目線はテレビ画面を捉え、動かさなかった。

すると、映像には見覚えのある機体。そして、テロップには馴染みのある航空会社名が表示されていて言葉を失った。

『日本時間午前二時頃、NWC2018便、羽田発シカゴ・オヘア空港行きの機体が着陸時に計器着陸装置に接触。その後、滑走路を逸脱《いつだつ》し、機体が炎上する事故がありました。現在、乗員乗客の安否を確認中とのことです』

男性アナウンサーの画面から切り替わったのは、現地空港であろう映像だった。

視聴者が空港内から撮影したらしい動画は、遠目に炎上する機体が映しだされている。それから、鎮火後の上空からの映像も流れた。

テレビの前で茫然としていると、ふいにパジャマの袖口《そでぐち》を引かれる。心臓が跳ね上がるほど驚き、勢いよく振り返ると航真が起きていた。

「おかあさん、やかんから音がしてるよ」

「あっ、ごめん!」

指摘されてようやく蒸気の音が耳に届いた。慌ててキッチンに向かい火を止める。

まだ鼓動は落ちつかない。手もなんだか冷たくなっていて、私は自分の手を合わせてぎゅっと握った。

航真に心配をかけてはいけない。

私はどうにか笑顔を作って声をかける。

「おはよう、航真」

「おはよー」

自分がどこかいつもと違っていないかとハラハラするも、航真からはなにも指摘されなかった。

ひとまずほっとした矢先、航真がテレビの方向を振り返る。瞬間、ぎくりとした。

しかし、ちょうど別のニュースに変わったところで胸を撫で下ろす。

「おかあさん！　テレビかえたい。リモコンどこ？」

「あそこに置いてあるよ」

航真には、あのニュースを見られたくなかった。だって、絶対に昴さんを連想するに決まっている。

というか、昴さんは無事……？　さっきの飛行機に乗っていたんじゃ……テレビでシカゴって言っていた。動揺とともに、不安がますます大きくなる。

ううん。落ちつけ。きっとシカゴだって空港はいくつかあるんじゃないの？　東京にだって複数あるわけだし、まだ決めつけるには早い。

胸の中がずっと騒がしい。当然気持ちは落ちつかず、なにも手につかない。シカゴって、日本との時差はどのくらい？　今、昴さんはどこに……。

スマートフォンを片手にキッチンで立ち尽くす。

手っ取り早いのは、昴さん本人に連絡を入れてみること。でも――もしも返信がなかったら？　それって逆に決定的になってしまうんじゃ……。

お茶も淹れられずに、私はふらりとした足取りでダイニングチェアに腰を下ろす。頭を抱えながら、ダイニングテーブルに置いたスマートフォンを見つめる。

やっぱり、メッセージを送ってみよう。どのみちこんな心境のままじゃ、仕事も手につかないのだから、できることはしておこう。

そうして、たった数文字の【無事ですか？】というメッセージを、意を決して送る。胸がドクドクと不穏な音を立てる中、彼の反応を待つも既読もつかない。

張りつめていた気持ちが、張り裂けそうな思いに変わる。

既読がつかないのは、まだフライト中だから？　それとも、あの事故に関わっているから？

嫌な予感しかしない。送信したメッセージの画面を何度も確認しては動揺し、無事を願って……彼からの連絡を待ち続ける。

まさか、こんなふうになって、自分の感情に素直になればよかったと後悔することになるなんて。

航真のこととか、昴さんのこととか、自分なりに真剣に考えて出した答えだったのに。彼と二度と会えないかもしれないという現状に、そんな問題は些細なことだったのではないかと、今さらながら後悔する。

ふとテレビ画面の時刻を見て、出かける支度をしなければと焦った。その拍子にスマートフォンが肘にぶつかって、テーブルから落ちる。

スマートフォンをちょっと落としたくらいで、悪い予感に繋げてしまいそうになった、そのとき。

「だいじょうぶ？　ぐあいわるいの？」

気づけば航真が近くにいて、小さな手で腰のあたりをさすられる。

きっといつも航真が具合悪いときに背中をさすってあげているから、その真似をしてくれたのだろう。そう思うと、航真のやさしさに涙があふれそうになる。

「ん、平気よ。ありがとう」

ここで泣いたら余計に心配させてしまう。

笑顔で堪えていると、スマートフォンを拾い上げた航真が言った。

「あれ。おにいさんだ」

「えっ」

見せられたスマートフォンの画面には、確かに【白藤　昴】と表示されていた。

たった三文字を確認できただけで、視界が滲む。

「おかあさん？　ないてるの？」

「ううん……。泣いてないよ」

返信内容を見る前に、ここに現時刻で通知が来たことに安堵して涙が込み上げる。

噛みしめるような思いでメッセージを開くと、【無事です】と質問に対する答えのみが書かれていた。

そこでさらに、今度はテレビから速報を知らせる音が鳴る。

テレビへ視線を移すと、【速報】と表示されたのち、【シカゴ・オヘア空港の旅客機炎上事故は乗員乗客全員無事に避難】とのテロップが出されていた。

「シカゴ？　この前、おにいさんと電話で話してたなまえだね。なんて書いてあるの？」

航真も速報の音で注意を引かれたのか、画面上部の文字を見て尋ねてくる。

「飛行機が事故に遭っちゃったんだけど、みんな無事だったって」

「〝ぶじ〟って、おにいさんは、だいじょうぶってことでしょ？」

「……うん、そうだよ」

私が答えると、航真は繰り返される速報の内容を見て、私を振り返った。

「きっと、天気がわるかったんだ」

「えっ……そうだったのかな？」

航真がそんな発想をすることに驚き、逆に聞き返してしまった。

航真はやけに自信があるような顔をして、堂々と頷く。

「そうだよ。だって、おにいさん言ってたもん」

「昴さんが……？」

「みんなすてきな旅ができるように、安全にヒコーキ運転してるんだよ」

いつの間にそんな話をしていたか知らないけれど、航真《子ども》にそんなふうに伝えるところに昴さんらしさを感じる。

「そっか。そうだったんだね。だけど本当、無事でよかった」

しみじみと彼が生きていることを思ってつぶやいたら、航真が笑顔で私のパジャマを引っ張る。

「ねえ。おにいさんに会いにいきたい。帰ってきたら」

「んー、でもほら。お兄さんも疲れてるだろうし」

「なんで？　会いたい。おかあさんもでしょ？　おにいさんのこと好きだもんね？」

あまりに簡単に『好き』という単語を出され、なんだか頑《かたく》なになっていたのが滑稽《こっけい》に思えた。

それでも、やっぱり私は大人だから常識や分別《ふんべつ》をどうしても捨てられない。

「あんまりたくさん会っちゃうと、航真は離れるときに寂しくなるでしょう？」

「はなれないようにすればいいじゃん。おにいさんのおうちで、またいっしょにすもうよ」

またもや単純な回答をされ、さすがにきちんと説明しなければならないと思った。

私は航真の肩に軽く手を置き、真剣な眼差しを向ける。

「簡単な話じゃないのよ。家族でもないのにそんなこと」

「じゃあ、おにいさんと家族になりたい。どうやったらなれるの？」

「どうやったらって……」

「ナコちゃんも、ぼくの家族になっておかあさんになってくれた。おんなじようにしたら、おにいさんがおとうさんになれるんじゃないの？」

航真の疑問の内容よりも先に、久しぶりに『ナコちゃん』と呼ばれたことに動揺してしまった。航真にそう呼ばれるだけで、数年前に戻ったみたいだ。

姉や義兄が元気に生きて、航真とともに暮らしていたあの頃に。

感傷に浸ってしまいそうなのを堪え、航真の質問に答える。

「それは……ほら。私と航真は初めから血が繋がっていたから」

「ち、ち？　ちがつながってないと、家族にはなれないの？」

さっきから、ブーメランのように純粋すぎる疑問や意見が返ってきて狼狽える。

「そんなことはない……ね。うーん。なんて言えばいいかな……。お母さんはね。今の航真だけじゃなくて、これからどんどん大きくなっていく航真のことも、慎重に考えていかなきゃと思ってるの」

懸命に私の心を伝えようとはしているものの、きっとうまく伝わっていない。

それでも航真は、話の腰を折ることなくつぶらな瞳でじっと私を見続ける。

「家族っていろんな形がある。私と航真がふたりだけの家族になったみたいに。もしかしたら、いつかそのことで航真がつらくなる日が来るかもしれない」

「よくわかんない」

ああ。こういうセンシティブな話を伝えるのって、すごく難しい。まして相手は五歳児だ。どうやったって、ピンと来ない話ばかりだったと反省する。

「ごめん。難しいよね。ただ私は、航真がこの先できるだけつらくならないように、楽しくすごせるようにしたいなって思ってるのよ」

過保護だろうか。でも、大きな存在を失ったこの子には、喪失以上に幸せを与えたいと思ってきたし、今でもそう願ってる。

航真は軽く俯いたまま、なにも言わなかった。しばらく動かずにいるので、些か心配になる。

椅子から下りて膝をつき、顔を覗き込むと同時に航真が口を開いた。

「ぼくがママとパパとおわかれしたから、ナコちゃんがおかあさんになってくれた」

ふいうちの言葉に、時が止まったように航真を見つめた。

「二人目のママになっていい？　って言ったとき、ぼくはナコちゃんだから、うれしかった。大好きだから」

あのとき、航真はまだ三歳になる前だった。

そんな小さな頃の記憶を、今なお覚えていてくれただけでなく、『大好き』だと添えてくれたことに涙がこぼれる。

「ぼく、おにいさんも大好き。大きくなっても、ぼくの大好きはそのままだよ」

まだ高く可愛い声で、そうはっきりと言ったあと、私の目を見てさらに続ける。

「パパとママには会えないけど、おにいさんには会えるでしょ？　だからいっぱい会いたい」

航真は最後にニコッと笑った。

胸が張り裂けそうになる思いとともに、心がじわりと熱くもなった。

まだ五歳の小さな子どもに気づかされるなんて。

私は涙を拭い、笑顔を見せる。

「そうだね。会えるんだよね」

会えるのに、避けて会わないようにする意味が見いだせなくなってしまった。

航真を大切にしたい気持ちは変わらない。だけど、大切な人が増えたっていいのかもしれない。

だって、彼も私と同じように航真を大切に思ってくれている。そして、航真も彼を好きなら……貪欲《どんよく》に『もっと』と幸せを掴みにいってもいいよね……？

大切な人に会おうとして会える環境は、当たり前じゃないのだから。

――三日後。

午後四時前に、昴さんから【予定通り帰国できた。これからフライト後のデブリーフィングで、そのあともちょっと事務仕事があるから帰宅は六時半くらいかな】とメッセージが来ていた。

ニュースで事故を知ったあの日、私はさらに一件のメッセージを送っていた。

【昴さんが帰国してきたら、ほんの少しだけ会いに行ってもいいですか？　顔を見たらすぐに帰ります】と。

そのメッセージはなかなか既読にならなくて、それだけ仕事に追われているのだろうと解釈をして静かに返信を待っていた。すると、その夜【もちろんいいよ。戻ったら連絡する】と返事が来たのだ。

そうして彼が帰国予定の今日は、私も仕事を頑張って早めに終わらせて、航真のお迎えも五時ぴったりに行ったのだ。

自宅アパートに着いてから、急いで料理を始める。今日は航真も率先して手伝いをしてくれた。

おかげで少し時間に余裕を持って、昴さんのマンションへ向かうことができた。

航真とふたり、マンションのエントランス前で待つこと十分。最寄り駅の方向から、昴さんが大きなフライトケースを転がしながら速足でやってきた。

お互いに顔が見えたあたりで、先に昴さんが軽く手を振ってくれる。それに真っ先に応えたのは航真だ。

「ただいま」

「おかえりなさーい！」

航真が声をあげて昴さんのもとへ走り出し、腰に腕を巻きつける。

そんな光景を見て、いつもであれば『昴さんは仕事後だから、あまり疲れさせちゃだめ』なんて注意をしていたと思う。だけど今日は、昴さんが無事に帰ってきたことに感極まって、航真の行動を嗜《たしな》めるのは二の次になってしまった。

「おかえりなさい」

内心噛みしめてそう声をかけると、昴さんは申し訳なさげに少し眉尻を下げた。

「心配させてごめん。メッセージくれてありがとう」

私はなんだか胸がいっぱいで言葉が出てこず、ただ首を横に振った。

あんまり沈黙が続くと、あのときの続きで涙が浮かびそうだ。

そんな本心を押し隠し、さながら仕事のような笑顔と口調でごまかす。

「あの、これご迷惑でなければ。今夜か明日にでも食べてください。ちょっとたくさん作りすぎたかもしれませんが、冷凍もできますから」

差しだした保冷バッグには、昨日から作っていたおかずと、さっき航真と握ったおにぎりなどが入っている。

「わざわざありがとう。うれしい」

「えっと、じゃあ私たちはこれで」

昴さんが保冷バッグを受け取ってくれた時点で、目的は達成だ。変わりない姿も確認できたし、もう十分。

そう思って暇を告げたのに、昴さんがさらりと言う。

「一緒に食べよう。夕食はまだだろう？」

戸惑う私をよそに、その場にいた航真が無邪気に「食べる～！」とその気になってしまい、結局昴さんの部屋にお邪魔することとなった。


持参していたのはおにぎりと秋刀魚《さんま》の生姜煮、きんぴらごぼうに豚汁《とんじる》。

それらを三人で平らげて、私はキッチンを借りて片づけをする。すると、手洗いしたものを隣で拭いてくれていた昴さんに、改めてお礼を言われた。

「すごく美味しかった。本当にありがとう」

「お口に合ってよかったです。結局私たちまで食べちゃって、残りませんでしたね」

「ジェットラグもあるし、今日はもう食べなくてもいいかなと思ってたけど、やっぱりお腹が空いてたみたいだ。助かったよ」

「ジェットラグ……あ、時差？　そうだ。時差の疲れがありますよね。気づかずすみません。私たちもう帰りますから、ゆっくりしてください。航真、そろそろ帰るから準備してね。……航真？　え、嘘。航真？」

濡れた手をタオルで拭き、キッチンから出てみると航真がリビングのカーペットの上で横になっている。私たちが片づけをしている間に眠ってしまったようだ。

私は航真が遊んでいたブロックのおもちゃを箱にしまいながら、声をかける。

「もー。航真、起きて。お母さん、家までは運べないよ」

私の声に、航真はまだ反応しない。この短時間でぐっすり眠っているみたいだ。

航真の肩に手を乗せ、軽く揺すりかけたときに、昴さんがこちらにやってきた。

「泊まっていったら？　俺は明日から二日間オフだし、構わないよ」

「え！　いや、それは……」

「送っていってあげられたらよかったんだけど、ちょっと今日はフライト後で気が抜けていそうだし、車の運転も控えたほうがいいかなって。ごめん」

「いえ、昴さんが謝ることなんてひとつもないですから」

大体、私の意志が弱いのが悪かった。顔を見たらすぐに帰るって決めていたのに、こんな流れになっちゃって……。

「とりあえず航真くんを布団に移動させてあげよう。すぐ準備できるから待ってて」

昴さんはそう言い残し、リビングからいなくなる。彼の姿が見えなくなったあと、こっそりと深い息を吐いた。

だめだ。私、昴さんとの時間が大切で、少しでも一緒にいたいって思ってしまっている。

心地よさそうな寝顔の航真を見つめる。

——『パパとママには会えないけど、おにいさんには会えるでしょ？　だからいっぱい会いたい』

あのときの航真の言葉が頭から離れない。

数分後、昴さんがリビングに戻ってくる。

「お待たせ。俺が運ぶよ。いい？」

「あっ……すみません。じゃあ……お願いします」

航真を抱き上げ、移動する昴さんの後ろをついていく。航真は布団に下ろされたあともぐっすり眠っていて起きなかった。

再びリビングに戻ると、昴さんとふたりきりなのを意識してしまい、ものすごく緊張する。

私たちはリビングソファに、ちょっと間を開けて並んで座った。

今までにも、彼に対して少しくらい緊張することはあった。でも、今回はこれまでとはまったく違う。完全に男の人として意識しているとわかっているから……。それをもう抑制できなくなっている。

心の中が落ちつかなくて、とにかく会話を投げかける。

「あ、あの。ニュースの事故……全員無事で本当によかったです。大きな怪我をされた方とかもいらっしゃらないんですよね？」

「ああ。着陸や避難の際に軽い打撲や擦《す》り傷《きず》を負った人たちはいたけれど、みんな命に別状《べつじょう》はないって話だったよ。客室乗務員の日頃の訓練の賜物《たまもの》だし、乗客の理解と協力に助けられたんだと思う」

昴さんを見ると、どこか誇らしげな顔つきだった。それもそうだろう。スタッフ全員が一丸となって、ピンチをどうにか乗り切ったのだから。

「あれって、原因はどういったことで……？」

「事前の情報にはなかった霧が発生したために、視界不良になったと聞いた。着陸態勢に入っていたときだったのもあって、いろいろ判断に迷いが生じたのかも。結果的にアンダーシュートを起こしてＩＬＳに接触したって」

前半は聞いていてイメージできたけれど、後半になると耳馴染みのない単語に疑問符が浮かぶ。

すると、昴さんがすぐに気づいて補足してくれた。

「あ、アンダーシュートは予定より手前に降りてしまうことで、ＩＬＳは航空機に電波を発して誘導する機械のことなんだけど」

「なるほど。あの……昴さんの便に影響は……？」

「管制官の指示を受けて、上空を旋回してた」

その答えを聞き、身体が勝手にふるっと震えた。

あの事故は、一歩間違えたら昴さんが操縦する飛行機だったのかもしれない。そんなことがふと頭をよぎったせいだ。

膝の上に置いた手を握り、ぽつりとつぶやく。

「あんな事故のあとに着陸させるのは……すごく大きなプレッシャーですよね」

「心配させたよね。……ごめん」

「昴さんが謝ることじゃ――」

「違うんだ」

言下《げんか》に否定されたものの、なにが『違う』のかわからず、昴さんを見つめる。

彼はどこか気まずそうに視線を落とし、話しだす。

「事故については、俺もパイロットとして気を引きしめ直さなきゃならないと真摯に受け止めてる。だけど、心の片隅で奈子がこうして会いに来てくれるほど心配をしてくれたって思うと、うれしくて。たとえ、それが〝知人〟への心配だったとしても」

苦笑する昴さんの横顔に向かって、私はまっすぐ返した。

「とっくに〝知人〟に対する感情じゃありません。小さな航真に背中を押されて……今日は会いに来たんです」

昴さんは目を丸くして顔をこちらに向ける。

恥ずかしい気持ちは大いにある。だけど、ここで目を逸らしちゃいけない。

「好きです。事故を知って、航真と話して……大事なことを思いだしました」

「大事なこと？」

聞き返された私は、こくりと頷く。

「航真の幸せや自分の幸せ以前に、大切な人との時間は有限なのだと。伝えたい言葉は後回しにしてはいけないんだということを」

航真はもちろん、私も同様に心に傷を負った。

大好きな姉夫妻との突然の別れを胸に、彼から逃げずに真正面から向き合う。

次の瞬間。

力強く、けれどもとても温かな腕に抱きしめられた。

「つらい過去を思いださせてごめん」

彼の腕の中で、私は首を横に振る。

「一番大事にしなきゃならないことを思いだせたんです。ありがとうございます。またこうして会えて、本当によかった……！」

もし、彼と二度と会えないことになっていたら。

そう思うだけで、後悔の念に苛《さいな》まれる未来は容易に想像がつく。

自然と目尻から涙がこぼれると、腕を緩めた彼がそれに気づき、やさしく拭う。

彼の指が離れたあと、おもむろに瞼を押し上げていく。彼の綺麗な瞳と視線がぶつかり、どちらからともなく目を閉じて唇に触れた。

ぎこちないキスは、絶対に私のせいだとわかってる。それでも、彼は唇を離しては私を愛しそうに見つめ、もう一度口づける。

心臓がドキドキを通り越して、バクバクいってる。

「私たちのそばに……いてくれるんですか？」

私の問いかけに、昴さんはくすっと笑い声をこぼした。

「この間、伝えたはず。俺は奈子の一番になりたいって。簡単に譲る気もあきらめる気もないよ」

流れるように顎を掬《すく》い上げられて、三度目のキスを交わす。

今度はさっきまでとは違い、深い愛情を表しているみたいな、情熱的なキス。

元からソファに座っていたのにもかかわらず、身体に力が入らなくなって上半身がふらついた。彼はそんな私を片腕で抱き留め、微笑みと安心をくれる。

彼のたくましい胸板に頬をくっつけると、私と同じくらい早いリズムの鼓動が伝わってきて、幸せをひしひしと感じた。

「二年半前の私は、こんな未来想像してなかったな」

今日のこの選択を、後悔しないようにしていかなければ。

あの頃とはまた別に、新たな決意を胸にする。

そのとき、ふいに両手で顔を包み込まれた。

「二年半もの間、ひとりでいろんなことを背負い続けてきたこと、心から尊敬する」

誰に褒められなくてもよかった。そういうつもりで頑張ってきたわけじゃなかったから。航真といられるだけで、仕事でもなんでも自然と頑張れた。

でもきっと、私は自分が思うよりもずっと、航真を育てていく責任の大きさに押しつぶされないように気を張っていたのだ。

「これから先は、俺にも分けて」

今、私が背負うものを半分請け負ってくれようとしている彼の言葉に、ほっとしている自分がいる。

頼もしいパートナーが、これから隣にいてくれる。そう思った途端、張りつめていた緊張の糸が切れたかのごとく、また涙があふれだした。

「なんかもうだめ……涙が……ごめんなさい」

涙腺《るいせん》がゆるゆるだ。

「じゃあ、昴さんが背負っているものも、少し私に預けてくださいね」

彼が私にしてくれたのと同じ大きさとはいかなくても、ほんのちょっとでも彼に安らぎをあげたいと心から思った。

すると、昴さんは「頼もしいな」と破顔した。

6. 面倒なこと

ふたりを起こさぬように身支度を調える。キッチンでコーヒーをゆっくりと淹れながら、物思いに耽った。

昨夜、彼女が心を開いてくれた。実を言うと、かなりの長期戦を覚悟していたのだが……。人生とは、つくづくなにが起こるかわからないものだなと実感する。

俺の父親が長年勤めてきた自動車部品メーカーの代表取締役社長に就任し、そこで航空機の部品製造に携《たずさ》わることがなければ、俺は今パイロットにはなっていなかったかもしれない。

ＮＷＣ社に入社していなければ、慕っている梶さんにも会えなかった。

梶さんに会っていなかったら、パイロットという仕事の意義や楽しさを見いだせないままだったかもしれない。

そして、あの日――。訓練ベース見学ツアーの応援要員として、ＦＯから数名駆り出された中に俺が含まれていなかったら、奈子や航真くんと出会えなかった。

そのとき、リビングのドアが静かに開いた。

ちょうどコーヒーを淹れ終わった俺は、ドアのほうに目をやる。

「おはよ」

「おっ、おはようございます……」

照れくさそうに片手で前髪を押さえる奈子の様子に、思わず笑みがこぼれる。

「ゆっくりできた？　航真くんはまだ寝てるんだ？」

「はい。航真もぐっすりで、まだ……」

「コーヒー飲むなら、今一緒に淹れるよ」

「ありがとうございます。でも、どうぞお気遣いなく。あとでキッチンをお借りしてお茶を淹れさせてください」

小さく何度も頭を下げる彼女は、どうしていいかわからないのか、リビングの隅で立ちっぱなしだ。

俺は彼女の横を通りすぎ、ローテーブルにコーヒーを置いてソファに腰を下ろす。そして、奈子に向かって手招きした。

おずおずと近づいてくる彼女の手を取り、軽く引き寄せる。

「隣に座って」

普段は凛としている彼女が、俺が近づいただけで頬を赤らめ、恥じらうように視線を泳がせる。

これまででも十分可愛いと思ってきたのに、まだ知らない表情があるなんて。もっと、表情も心も、彼女のすべてを暴《あば》きたい。

「え、昴さ……んっ」

隣に腰を下ろす彼女の顔に影を落とし、小さな唇を塞ぐ。両眼を覗き込んで、口を開いた。

「俺の服を着てる奈子を改めて見たら、つい」

昨夜急遽《きゅうきょ》泊まることになった奈子へは、以前と同様俺の衣服を貸していた。

スウェットは上下ともぶかぶか。身長差三十センチほどある華奢な彼女が、より小さく見える。一夜明けてもなお、俺は浮かれているようだ。これまで自制できていた感情が、いとも容易くあふれてしまっている。

「あ……これ。本当、昴さんの手足の長さを実感しますよね」

スウェットの裾《すそ》を軽く掴んで小さく笑う彼女に、危うくまた口づけるところだったが、どうにか理性を保って距離を取る。

「そういえば今日、土曜日だったな。奈子、なにか予定があったんじゃない？　ごめん。すっかり忘れてた。無理に泊まらせたよな」

「大丈夫です。今日は航真を義兄の実家へ連れていくのですが、昼頃の約束なので」

「ああ。あの世田谷の？」

以前、つきまとい行為をされていた際に、情報を得るために向かった家だ。

「はい。ときどき、航真だけ遊びに行かせてもらうんです。私を邪険《じゃけん》にするようなご両親では決してないのですが、やっぱり孫と水入らずですごす時間も必要なんじゃないかと思って」

「奈子は本当に周囲への気配りに長《た》けてるなあ」

仕事で周囲へ配慮するのはわかるとして、彼女は私生活でも相手の気持ちを慮る。

「いえ。私も預かっていただいてる間は近くのカフェで仕事をしたりして、助かっている部分もあるんですよ。それに、お夕飯頃には私も合流して、いつもごちそうになって帰ってくるんです」

もう少し彼女と一緒にすごしたいというわがままな感情を抑え込み、俺は笑顔で取り繕う。

「そうか。じゃあ、朝食を食べたら準備して早めに出なくちゃだ」

「そうですね。そろそろ航真を起こしてきます。私も着替えてきますね」

スッと立ち上がり、リビングを出ていく彼女を見つめる。

俺は温くなったコーヒーを飲み、焦がれる気持ちを落ちつかせた。

ふたりを自宅アパートまで送ったあとは再びマンションに戻り、ひとりきり。

これまでも、休日は誰かとすごすよりも圧倒的にひとりですごすことのほうが多かった。ときどき、侑李や航空大学校時代の同期に誘われて食事に行ったりもするけれど、それも数か月に一、二度の話だ。

休日のすごし方は、その日の気分次第。本を読んだり、プラモデルを作ってみたり、ドライブに出かけてみたり。勉強は必ず数時間はするようにしているのに対し、料理はあまりせず、馴染みの惣菜《そうざい》店に頼ることが多い。

キッチンに立つ奈子を思いだし、昨夜三人で食卓を囲んだ楽しい時間を反芻する。

今日は、気を抜けば奈子や航真くんのことばかり考えてしまうな……。

そう思って、とりあえず定期審査に備えて勉強を……と、書斎のデスクに向かった。

しかし、どうにもいつもみたいに頭を切り替えられない。

ついには天井を仰ぎ、「ふう」と息を吐いて止まってしまった。

「オフでよかったかもな」

ひとりぽつりとつぶやき、苦笑する。

――『昴さんが背負っているものも、少し私に預けてくださいね』

あんな場面でさえも、決して一方的に寄りかかろうとはせず、対等でいようとする彼女の強さに感嘆する。小柄で可愛らしい容姿とは裏腹に、まっすぐなぶれない芯を持つ彼女にいつも感化されるのだ。

ひたむきな彼女に、これ以上悲しい思いはさせたくない。

一歩踏み出して歩み寄ってくれたんだ。

必ず俺が彼女を――ふたりを幸せにしたい。

あれから集中して勉強をしていたら、気づけば部屋が暗くなっていた。スマートフォンを見れば、もうすぐ午後五時。俺は書斎を出て、リビングに向かった。

財布と家のキーを持ち、上着を羽織って家を出る。

マンションから歩いて約十五分のところに、行きつけの惣菜店があった。そこは、侑李が以前仕事の依頼を引き受けたのをきっかけに、懇意《こんい》にしているという店。

梶さんに『パイロットは身体が資本、食事が大事だ』と常々指導されていた。しかし、家を空けることも多いうえに、自炊する気が起きなくてどうしたものかと考えていたときに、侑李が紹介してくれた。

大きな店ではないが、店内の冷蔵ショーケースには色とりどりのおかずがたくさんある。和食メニューが多めで、個人経営だからこそ調味料や味つけなどにもこだわったものが提供できると店主が言っていた。外食はどうしても濃い味つけが多くなるところ、その店は全部のおかずがヘルシーに作られているのだ。

休日で家にいる日は散歩がてら歩いて向かい、何食分かまとめて購入するといったことを、もう五年近く続けている。

そうして、今夜と明日のぶんのおかずを購入したら、女将が『サービス』だと言ってかぼちゃサラダを追加してくれた。

お礼を伝えて店をあとにし、また十五分かけて帰宅する。

食事をすませ、片づけを終えたところで奈子に【航真くんやご家族は楽しくすごしていたかな】とメッセージを送ってみた。

数分後、奈子から返信が来る。

【ちょうど連絡をしようと思ってました。ごめんなさい……。明日の約束ですが、航真のテンションが上がっちゃって、お泊まりするってきかなくて。本当に申し訳ないのですが、約束を午後からに変更してもらってもいいでしょうか？】

文面から、奈子が申し訳なさそうな顔をしているのが目に浮かぶ。

俺はすぐに返信する。

【大丈夫だよ。俺との約束は今度にしてもいいから。ゆっくりしておいで】

残念ではあるものの、奈子と気持ちが通じ合ったのもあってか、気持ちに余裕があるのかもしれない。

ソファに座ったタイミングで、再びポンと音が鳴った。

【本当にすみません。お泊まりは航真ひとりなんです。初めてなので少し心配……】

航真くんがひとりで泊まることになったのか。

奈子の今の心境は、おそらく心配が半分、寂しさ半分なのだろう。

【うちに泊まったときも楽しそうにしてたし、きっと大丈夫じゃないかな】

【そうですね……。成長はうれしいけれど、ちょっと寂しい感じもしますが】

俺はその文面をじっと見つめ、さらに返事をする。

【奈子が航真くんに、めいっぱい愛情かけて育てたからだ。だから安心して、一日離れても大丈夫だと思ったんだよ、きっと】

奈子からは【そうですね。ありがとうございます】と返ってきたけれど、なんだか引っかかって思わず【今どこ？】と短文を送る。

こちらの質問に【今、電車を乗り換えるところです】と来て、すぐ電話をかけた。

『もしもし……？』

彼女の遠慮がちな声を聞くや否や、ソファから立ち上がる。

「奈子。これからドライブデートしない？　迎えに行くから」


二十分後。品川駅付近で待ち合わせた俺たちは、無事に合流を果たした。

車の助手席に乗り込んだ奈子に、笑顔を向ける。

「今朝ぶりだね」

「えっ。は、はい。そうですね……？」

恥ずかしそうにそわそわする彼女を見て、思わず笑い声を漏らした。

「初デートなのに、準備もちゃんとできてなくてごめん。でも、会えてうれしい」

俺の言葉を受けた奈子は、ショートボブの髪を耳にかけ、頻りに触り続ける。

「準備とか、大丈夫です。お……お誘いくださっただけで」

これはこの場に航真くんがいないからか、はたまた両想いになったからか。

彼女の言葉や仕草、視線の動かし方に至るまで、これまでとは異なって感じる。

目の前にいる彼女は、恥じらいを滲ませた流し目で、俺の好意を肯定して返事をしてくれる。

「ふ、可愛い」

顔を赤くして照れる奈子を大いに堪能し、車を走らせる。

ドライブの行き先は、昔よく足を運んでいた東京湾の見える海浜公園へ。

そこは空港とも距離が近く、まるで自分の真上すれすれを飛んでいく感覚になるほど至近距離で飛行機を見られる。

とはいえ、この時期の夜はかなり肌寒い。

俺たちは園内を三十分くらい散歩して車に戻った。

「はい。少し温まるといいんだけど」

駐車場近くの自動販売機で買った、温かいほうじ茶を差しだす。彼女は冷えた手で受け取り、「ありがとうございます」と言った。

「悪い。考えが足りなかったな。風邪ひかなきゃいいんだけど」

「この程度、大丈夫ですよ。航真も公園へ行ったらなかなか帰るって言わなくて、寒《さむ》空《ぞら》の中つき合うことがよくありますから」

ペットボトルを持つ手に触れる。

驚いた目をこちらに向ける彼女は、鼻先もうっすら赤かった。

「今日は助手席だから、手を伸ばしやすい」

彼女の瞳がわずかに潤む。ほんの一瞬、視線がぶつかると、眉尻を下げて困った表情を浮かべた。そして、すぐに目を逸らす。

指が少し触れただけでこんな反応を見せられて……平常心でいられるはずがない。欲求が抑えきれずに、身体が勝手に動く。

彼女の左肩に手を添えて引き寄せる。その拍子に反射で上を向く顔に手を添え、頭をゆっくりと傾けた。……が、すんでのところで自制が働き、額に軽くキスを落とすにとどまった。

奈子は気恥ずかしさと、思慕の念の両方を滲ませたような目で俺を見つめる。

「そろそろ戻ろうか」

危うく彼女の瞳に吸い込まれそうになった。どうにか平静を装い、適正な距離を取ってエンジンをかける。

それから約三十分。たわいのない話を続けていると、あっという間に自宅付近まで戻ってきた。

奈子のアパートへ向かうには、この先を左に曲がる。そして、俺のマンションなら右だ。

信号で引っかかってブレーキを踏み、ウインカーを左に上げた。

「もうすぐ着いちゃいますね。あっという間で……楽しかったです」

やさしい声でそう言って、儚げに微笑む彼女を横目にすると、たちまちさっき抑えていた欲望が膨らんでいく。気づけば彼女の膝の上の手を包み込んでいた。

「やっぱり帰したくなくなった」

「え……」

戸惑う彼女をちらりと見やり、俺の願望を隠さず告げる。

「航真くんには悪いけど、今夜は俺にひとり占めさせて」

彼女の手が熱くなっていく。

了承の言葉はない。しかし、拒絶の言葉もなかった。

信号を確認する間にもう一度、彼女の表情を確認する。

こういった甘い空気にまるで免疫がないと言わんばかりの横顔が、あまりに愛らしい。運転中でなければ、ずっと彼女を見つめ続けていただろう。

俺はウインカーを右に変更し、奈子の細い指を絡ませ握る。

「答えなくてもいいよ。このまま攫《さら》ってく」

信号が青に変わり、名残惜しい気持ちで手を離す。

マンションへ向かっている間、もしも彼女がほんのわずかでも嫌そうだったら、すぐに引き返すつもりではいた。だけど、彼女から困った様子は見受けられなかった。ときおり、車が止まるタイミングでさりげなく隣に目を向けると、彼女ははにかんで見せる。

その表情に、心が高鳴るのを感じずにはいられなかった。


「ふっ、う、ン……っ」

玄関のドアを閉めるなり、奈子を後ろから抱きしめながら唇を奪う。後ろ手で施錠をして、さらに深い口づけを求めた。

「あ……待っ……力、抜け……んんっ」

身長差があるから、彼女は完全に俺の腕の中にすっぽり囲われている。

恥じらいから逃げ惑うも、彼女の細腕でのささやかな抵抗なんてびくともしない。むしろ、今の俺にとってそれさえも扇情的《せんじょうてき》でしかなかった。

足の力が抜けて膝から崩れ落ちそうな奈子をキャッチし、そのまま抱き上げた。

「……っ、昴さん、こんなの……！」

「力が入らないんだろ？　俺のせいだから責任もって世話をするよ」

軽くて柔らかな奈子を両手に抱き、じっと見つめる。潤んだ目で俺を見上げる彼女が堪らなく可愛くて、鼓動が速くなっていくのを感じた。

「ん……はぁ」

艶やかな唇に吸い寄せられるように触れ、啄《ついば》むようにキスを繰り返すと、彼女の口から甘い息が漏れる。

何度目かのキスの合間に、彼女がぽつりとこぼした。

「……もう。これじゃ、いつまでも力が入らないです」

恥ずかしがって、俺の胸に顔を寄せる仕草に頬が緩む。

俺は寝室へ向かい、ダブルロングサイズのベッドに奈子をそっと下ろした。それから彼女を見つめて頬を撫でる。

「いいよ。俺が代わりになんでもしてあげる。お風呂も着替えも食事も、なにもかも。奈子をどこまでも甘やかしたい——そう思ってるから」

そうして、飽きもせずにキスを注ぐ。何度も赤い唇に触れ、次に上気した頬、熱を帯びた耳……そこからゆっくり首筋を降りていく。

「あ、あぁっ」

彼女の白く柔い肌を蹂躙《じゅうりん》し、か細い声を漏らして身を捩《よじ》るいじらしい反応を見ては、指先を滑らせるの繰り返し。

両手で顔を覆っていた奈子が、ふいに指の隙間からこちらを見た。

「そんな見つめられたら……恥ずかしいです」

「あんまり可愛いから」

俺が即答すると、奈子は瞬く間に顔を真っ赤にする。

「背筋を伸ばして、涼やかな雰囲気をまとって仕事する奈子はかっこいいのに、航真くんの前では柔らかく笑って、母親の顔になる。けど、こうして俺の前にいる奈子は、純粋で可愛くて、ドキッとするくらい大人っぽい目をして……魅惑的だ」

「んっ、ふ……やぁ」

「その高い声も濡れた瞳も吐息も全部、俺の欲を掻き立てる」

小さな顎を掬い上げ、熱を帯びた唇を舌で割り入る。俺のシャツを両手で握り、懸命に応えてくれようとするものだから、愛しくて仕方がない。

唇を離し、額を合わせて瞼を伏せる。彼女の香りのいい髪に指を潜り込ませた。

「好きだよ、奈子。これからずっとそばにいる。離さない」

彼女は目を開けると同時に、俺の背中に両手を回した。

「……ん、離れないで」

俺を抱き寄せて、胸の中でそう小さくこぼす。

彼女のその行動が、俺の余裕を完全に奪っていった。

余すことなく奈子を愛で尽くし、俺は滑《なめ》らかな肌を重ねたまま幸福感に浸る。

彼女の髪を何度も撫でていると、くぐもった声でつぶやかれた。

「……なんか、やっぱり不思議」

「なにが？」

俺が聞き返すと、奈子は俺の腕の中でもぞっと動き、上目でこちらを見た。

「昴さんがこうして私を見てくれていることが。慣れるのに時間がかかりそうです」

その後、照れくさくなったのか、ぱっと顔を戻す。

俺は彼女の前髪を掻き上げて、露わになった額にキスをした。

「そう――。だったらなおさら、慣れてもらうためにも一緒に暮らしたい」

奈子は再び俺をまっすぐ見た。

彼女の手を取り、今度は手の甲に唇を落とす。

「あのとき言ったこと、今も変わってない。俺と一緒に暮らせば、奈子の負担を少しは軽減できる。航真くんとふたりきりの生活とは違うよさがあると思うんだけど」

「でも……やっぱりどう考えても、私はよくても昴さんだけ負担が――」

「負担なんかじゃない。でも、たとえ負担でもなんでも、分けてほしいって言っただろう？　もっと俺を信用して。寄りかかってよ」

細い肩を抱き寄せて、彼女の旋毛《つむじ》に鼻先を寄せる。

「まあ仕事で月の半分近く不在にしてしまうのに、調子のいいこと言ってる自覚はある。奈子のためと言いながら、半分は俺自身のわがままかもしれないな」

俺のぼやきを聞いた彼女は、「ふふ」と笑ってこちらを見上げる。

「ありがとう。まずは航真にきちんと話をしようと思います」

どんな状況下でも、航真くんを優先する彼女は、とても心が温かな女性。その場に流されずに常に航真くんを物事の中心にして考えられる、そんなところも好きだ。

「ああ。そうだね」

彼女の肩肘張らない素の微笑みは、ちょっと幼く見えて、俺の庇護《ひご》欲を掻き立てる。

小さな手を包み込むように握り、話題を変える。

「ところで、名前呼びはだいぶ慣れたようだし、今度は敬語をやめてもらおうかな」

「敬語を……ですか？」

大きな目を瞬かせてつぶやく奈子を見て、にっこりと頷く。

「もっと奈子との距離を縮めたいんだ」

まだまだ、もっと。この手を放さず、引き寄せて——。

彼女が航真くんに対し願うのと同等の〝自分の幸せ〟を一緒に見つけていきたい。


約一か月がすぎた。奈子と航真くんとは変わらず別々で暮らし、オフが重なったら会う、そんな日々を送っている。

俺たちが一緒に暮らすことは、航真くんも大賛成してくれたらしい。しかし、奈子の仕事が立て込んでいるのもあり、同居はアパートの契約更新時期に合わせ、来春予定で話はまとまっていた。

フライト終わりのデブリーフィングが終わり、ロッカールームを目指して廊下を歩いていたときだ。

「あのー。お忙しいところすみませーん」

見知らぬ女性に声をかけられ、振り返る。

鎖骨《さこつ》より下で揺れる茶髪のロングヘア。メイクはしっかりめで、服装はオフィスカジュアルといった感じ。スカートの裾とジャケットの袖口がフリルのデザインで、正直、服装や話し方などから、あまり得意ではないタイプの人だと予感した。

首から通行証を下げているのを見れば、社内の人間ではない。

肩にかけている大きめの黒いバッグを見て、奈子とイメージが重なった。

「わたくし、パシフィックガードジャパンの加藤《かとう》と申します！　本日は、弊社《へいしゃ》の新商品の紹介に伺っておりましてー」

鼻にかかった高い声でそう言われ、さりげなく距離を取る。

「申し訳ありませんが、もう保険は間に合ってますので」

淡々と答え、踵を返して再び歩き出そうとしたら制服を指先でつままれる。

「今ご休憩に入られるのでしたら、五分でいいのでぜひお話を」

保険会社の世界は詳しく知らないが、オフィス内には奈子以外にも同業他社の営業担当がひっきりなしに出入りしている。

奈子以外の営業も大体顔は知っていたつもりだが、この女性は初めて見る。

ただ、〝初めて〟だから嫌悪感を抱いたわけではない。

目の前の女性がまとう雰囲気、視線、声色が、どうにも受けつけない。

「手を離してくれませんか」

初対面の人間に気安く触れるなんて、神経を疑ってしまう。

冷ややかな目とともに伝えると、女性はぱっと手を離した。

「このあとも業務がありますので、失礼します」

嘘も方便で、いかにも仕事に追われている体で素《そ》っ気《け》なく返す。そうして今度こそ立ち去ろうと歩き出した矢先、背中越しに言われた。

「そうなんですかー。てっきり、今日もいつもの方と待ち合わせをなさっているのかと思いました」

「は？」

仕事柄、感情をコントロールできるほうだと自負している。しかし、どうにも目の前の女性に対し、苛立ちを感じてしまう。

なぜ自分が優位に立っているような、どこか鼻につく言動を取るのか……。

彼女はちらっとあたりを見回し、誰もいないのを確認してから小声で言う。

「噂になっていますよ」

「噂……？」

眉を顰めて返すと、女性はさっきまで口角を上げていたのに、打って変わって悩ましげに片手を頬に添えた。

「心安生命の営業担当さん。あなたを狙ってるみたいだーって。ちょっと印象が悪くなっているらしくて、同業者として心配してるんです」

心安生命の営業担当――それは奈子のことだ。

直感だが、その噂は目前の彼女が吹聴《ふいちょう》している気がする。普通なら、『今日もいつもの方と待ち合わせを』なんて、噂話を聞いただけじゃ言わなそうだ。自分の目で見たことがあるから、あんなふうに自信を持って発言しているように思えた。

俺は今すぐにでもこの場から去る気持ちで、身体を横に向ける。

「噂、ね。あなたも営業職なら、訪問先で迂闊《うかつ》に根拠のない噂話を広めないほうが賢明ですよ。では」

冷淡に告げて背を向けたあとは、もう追いかけてはこなかった。

ふつふつと湧き上がる不快感をどうにか抑え、大きく息を吐く。廊下の角を曲がった直後、ばったり林という男性GSに遭遇した。

なんだ今日は。厄日《やくび》か……。

この男が奈子をぞんざいに扱ったことは、忘れもしない。

存在を無視したかったくらいだが、一応良識ある大人として会釈だけしてすぎ去る。

だが、向こうは俺を一瞥しただけだった。

気持ちを落ちつかせるために、再び深く息を吐く。

さっさと着替えて帰ろう。

そう思ったときに、後方の角を曲がったあたりから男女の声が響いてくる。これはさっき遭遇したあのふたりの声だ。雑談をするほどの仲なのか、なにやら大きな声で立ち話をしている。

すると、林の言葉が耳にとまる。

「加藤さんだけに言うけど、心安生命の営業担当がいまいちでさ」

「あらら。大丈夫ですよー。弊社の保険もしっかり保障されますから」

気づけば手のひらに爪を食い込ませていた。

癇《かん》に障《さわ》る。俺はふたりの会話を極力聞かないようにして、足早にロッカールームを目指した。

少々気が立っていて、数メートル離れた場所にいた人の気配に気づいても、顔を向ける余裕がなかった。

「白藤さん。お疲れ様です」

挨拶をされた瞬間、さっきまでの刺々《とげとげ》しい気持ちを忘れる。

「――枡野さん」

突如、奈子が現れ、らしくもなく慌ててしまった。

さっきのふたりの声が遠いのを確認してから、奈子に余所行きの笑顔を向ける。

「お疲れ様です。……今日、来る予定だったの？」

表向きの挨拶から、後半は小声で尋ねる。

「お客様から連絡があって、急遽来ることに――」

「新規契約書、お持ちしましたよ」

またあの鼻にかかった猫なで声が響いてきて、思わず顔を顰める。

当然、奈子にも声は聞こえたようで、ふたりがいる方向へ顔を向けていた。

「加藤さんは可愛いし仕事も早いし、どこ行っても人気あるでしょ？　あ。ごめん。財布ロッカーに入れたままだった。本人確認書類もいるんだったよね？　急いで取りに行ってくるよ」

「でしたら私も一緒に行きますー」

ふたりがこちらにやってくるのを察し、俺はすぐさま周囲に誰もいないのを確認して奈子の腕を掴んだ。ドアにＩＤカードをかざし、プレートを【使用中】に変えて空き部屋に引き込む。

びっくりした顔をしている奈子に、ぽつりとこぼした。

「悪い。あのふたりとは、さっき顔合わせたばかりで……。こんな短時間に二度も会いたくなくて」

「男性のほうは、林さんですよね？　話し声でわかりました」

奈子の言葉に頷き、ドアを隔《へだ》てた向こう側の様子を窺う。ふたりが徐々にこちらに近づいてきているようだ。

俺と奈子はお互い自然と息を潜め、耳をそばだてる。

「そうだ。さっきお会いしましたよー、噂のイケメンパイロットさんに」

あの営業、余計な話題を……。

「イケメンパイロットって……」

奈子は驚きのあまり、つい声を漏らしてしまったらしい。

俺は黙って人差し指を立て、口元に添える。

「あー。噂の、ね」

「なんか、たまーにいるらしいんです。枕営業というより、将来のパートナーを見定めて落とす営業さん」

「うわ。パイロット狙いで色仕掛けって、俺さすがに引くなあ」

どの口が……という怒りをどうにか堪え、彼らが一刻も早くこの場から離れていくのを願った。

ふと奈子を見れば、俯いている。今しがた聞こえてきたあの会話が原因でそうしているのだと思った俺は、奈子の顎にスッと片手を添えた。そして、顔を上向きにさせると、彼女は気まずそうにも悔しそうにも感じられる表情を浮かべている。

「悔しい。私、誰かに咎められたり、後ろ指をさされたりするようなことはしてない。けど、今となっては違うとも言い切れないところもありますね……。すみません、私が軽率な行動をしたばっかりに」

奈子の両肩に手を置き、目を覗き込む。

「落ちついて。大丈夫。顧客とランチをすることもあるんだろう？　俺たちは普通に会って、話をしていた、それだけ。仮に空港内で会っていたのを見られていたって、話の内容までは知られていないよ。やましいこともない」

「でも……昴さんに迷惑がかかってますよね？　実は先月くらいから、なにか視線を感じるとは思っていたんです。まさかそういう……。昴さんもそんなふうに見られながら仕事されてると思ったら」

いつになく弱気なのは、きっと自分のことではなく俺を巻き込んでしまったという意識が強いせいだろう。

俺は目を合わせようとしない彼女の名をやさしく呼ぶ。

「奈子、俺は平気だから」

奈子は不安そうな瞳をこちらに向け、小さな声で吐露《とろ》する。

「やっぱり、私しばらく昴さんとは離れたほうがいい気がします。きっと、恋愛に慣れていないせいで、普通にしているつもりでも、周りには私が昴さんを好きな気持ちが透けて見え――」

「悪意のある噂に屈するの？」

最後まで聞かずに言葉を被せると、彼女ははっとしたように固まる。

奈子を責める気持ちなど毛頭《もうとう》ない。むしろ、俺よりも彼女にこそ肩身の狭い思いで仕事をしてほしくない。

「仮にこんな状況に航真くんが立っていたとしたら？『仕方ない』って我慢させてあきらめさせる？」

奈子は数秒考え、首を横に振る。

「もしそうなったら、航真の身の安全が一番だけど……。なにもしないことで噂を肯定するくらいなら堂々としたらいいって……なんでも力を貸すからって伝える」

俺は彼女の答えに笑顔で頷いた。

「本当にいけないことをしたなら、反省し、処分を甘んじて受け入れなければならない。でも、違うことは違うと声をあげなければ」

彼女の頭に手をポンと乗せるも、見上げる瞳にはまだどこか不安が残っている。

その不安を払拭《ふっしょく》したくて、微笑みかける。

「俺は大丈夫。そして、奈子も大丈夫だ。日頃の奈子を知る人ならみんな、あのパシフィックガードジャパンの営業じゃなくて、奈子を信じるに決まってる」

矢田部さんをはじめとするオペレーションセンター社員やCAなど、奈子の人柄を好んでいるだろうということは、遠まきに眺めてわかっている。

奈子はいつでも俺たちが気持ちよく仕事をすることを、最優先に考えて行動している。それが伝わっているから、多くの社員が奈子の話に耳を傾けるんだ。

そのとき、奈子がなにかに気づいたようにつぶやく。

「パシフィックガードジャパン……？」

「どうかした？」

「いえ……。実はここ一、二か月くらいの間で、花川さんが……あ。同僚が、立て続けに解約依頼を受けていたことがあって。みんなパシフィックガードジャパンに乗り換えるらしいと小耳に挟んだって、こぼしてた話を思いだして」

立て続けに……それも、全員パシフィックガードジャパンに？

偶然とは思うものの、どうも引っかかる。

「私も林さんから解約の申し出を受けまして。ほかにも、何件か同様に解約の相談が……。今日もその件で訪問しているのですが」

ＮＷＣ社でも同じ現象が？　となると、どうしても疑わざるを得ない。あの加藤という営業担当が、どうにも引っかかる。

奈子を見れば、強張った表情を浮かべている。

おそらくこのあとは、不安な気持ちを堪えながらもアポイントメントを取っている相手と真摯に向き合い、努めて冷静に話をするのだろう。

俺は彼女の細い腰に手を回し、身体をグッと引き寄せた。

「え！　す、昴さ……っ」

慌てた奈子が声をあげたのを、「しー」と言って制止した。

ここが職場で、奈子に至っては仕事中なのはわかっている。それでも、目の前にいる最愛の人がひとりきりで不安と戦っているのを見たら、手を差し伸べずにはいられなかった。

彼女の耳元に口を寄せ、ささやく。

「奈子はこれまで通りにすごしたらいい。もちろん俺との関係もそのまま――ね？」

ニッと口の端を上げて見せると、奈子は耳を赤くして目を泳がせた。

「し、仕事中のこういうのが噂になっちゃうから、だめですよ」

至極まともな意見を受けたにもかかわらず、俺は手を緩めない。

「奈子、ふたりきりだから敬語じゃなくていいのに。ちなみに俺は、もう仕事終わったから仕事中ではないよ」

「そんな、屁理屈みたいなこと言って……制服着たままじゃないですか」

いつも落ちついていて、しっかり者。それが、彼女を知る人間が抱く印象だろう。清涼感のあるスーツ姿の奈子が、俺の些細な言動で心を乱される。そんな彼女を見られるのは、俺だけ。唇を軽く尖らせ、ちょっと怒った感じの視線を投げつけられることに、独占欲が満たされることもあるものなのだと初めて知った。

俺は懲りもせず、一瞬だけ旋毛にキスを落とす。

「わかってる。続きは今度」

白い肌は、さらに赤みを増していく。恥じらうように、ちらりとこちらに向けられた瞳はわずかに潤んでいて、それがとても可愛い。

「……あのさ。俺が悪いのは百も承知だけど、そういう顔されたら今すぐ押し倒したくなっちゃうから」

彼女はもうなにも言えなくなったのか、はたまたさらに照れてしまったのか、ふいっと身体ごと横を向いた。

「引き止めて悪かった。奈子だけ先に出て。時間大丈夫そう？」

「あ、うん。大丈夫……」

そうして、一歩下がってドアの前を空けると、奈子は会釈をしてドアノブに手を伸ばした。しかし、手を戻してふいにこちらを振り返る。次の瞬間、どぎまぎする俺の指先を、両手できゅっと握った。

「あとで連絡する……ね。じゃあ」

小声でたどたどしく言い終えるや否や、すぐにドアノブを握り、深く一礼してからドアを閉めていく。室内にひとりきりになった俺は、おもむろに片手で顔を覆った。

「奈子だって、大概ずるいな……」

最後に触れられた手を見つめ、指をグッと折り曲げる。

奈子の前では冷静を演じたけれど、本当は怒りを抑えるのに必死だった。

やはり、加藤という営業が怪しい。同業他社の保険外交員という立場にある奈子を貶《おとし》めている気がする。

もしも、それが事実だったら、決してこのまま許したりしない。

ずっと、ひとりで今の仕事を頑張り続けてきた彼女に対する冒涜《ぼうとく》だ。

ふつふつと込み上げてくる行き場のない憤りを抱え、ロッカールームへ移動する。

制服を脱いで着替えながらも、今回の件をどうしたら収められるかを考える。

まずは裏取り……真実を知ってからでないと不利になる。

「結局、まず頼る先は侑李か……」

この間の貸しも、まだ返せていない。侑李は『報酬ももらったし、これ以上はなにもいらない』とは言っていたけど。

昔から仲のいい親戚とはいえ、あまり迷惑をかけたくはない。

だが、俺の感情なんて差し置いてでも、守りたいものがある。


それから、進展を迎えたのは約半月後。

十分早い展開だ。運よく侑李がとある案件を引き受けていたのが功《こう》を奏《そう》した。それでも、俺にはこの半月が長く感じられた。

決着の場は、偶然にも今回の件に関わっているとわかった、父の会社――『プレシジョンズモーター社』。

社内の一室にいるのは、父の男性秘書の麻倉《あさくら》さんと、総務人事課課長の水波《みずなみ》さんという男性社員。麻倉さんは父のそばにいる人だから、これまでに何度か顔を合わせている。そして、先ほど合流したのは侑李と、心安生命東京支社本部長。

そこに、ノックの音が聞こえてきた。麻倉さんが対応すると、三人の来客が女性社員に案内されてやってきた。

「失礼いたします」

深々とお辞儀をする五十代半ばの男性に続き、肩を窄めながら入室してきたのは三十代ほどの男と、加藤という営業だった。

この三人はパシフィックガードジャパンの面々だ。

加藤は俺に気づくなり、目を見開いて固まった。

「揃いましたね。では――」

「わたくしは、パシフィックガードジャパン東京支社第一法人部責任者の多田《ただ》と申します」

麻倉さんの言葉を遮り、年配のほうの男性が真っ先に自己紹介をしたと思えば最敬礼をする。

「このたびは、当社の社員が大変申し訳ございませんでした。心よりお詫び申し上げる次第です」

心安生命の本部長は多田部長に対し、怒りを露わにする。

「そちらはいったい社員にどういう指導をしているんです。悪意のある引き抜き行為など……！」

徐々にボルテージが上がりそうだった彼を、うまく制止したのは侑李。

「すみません。先に改めて自己紹介をさせてください。わたしは弁護士の白藤侑李です。心安生命様より、ここプレシジョンズモーター社での解約が続いている件について調査依頼を受けておりました」

侑李が物腰柔らかに話しだすと、全員黙って耳を傾ける。

「偶然にも、ここはわたしが顧問弁護士を務める企業だったので、協力をお願いしたところ速やかに応じてくださりました。また、今後のつき合い方を考える機会にもなるということで、本日はこちらにて話し合いの場を設けさせていただきました」

侑李は麻倉さんと水波さんを見て会釈をする。

そうして、パシフィックガードジャパンの三人以外は、ソファに腰を下ろした。

「すみません。自己紹介はこれくらいにして話を戻します。先ほどの謝罪は、つまり多田さんは御社《おんしゃ》の社員が違反行為をしていたと認められるということですね？」

「違反行為って……」

侑李の指摘にぽつりと不満げにつぶやいたのは、加藤だ。

この期《ご》に及んで不謹慎《ふきんしん》な態度を取る彼女に辟易していると、侑李が粛々《しゅくしゅく》と返す。

「競業避止義務違反《きょうぎょうひし》──在職中並びに退職後において、入社時に交わした誓約に反する行為が認められる場合には、ペナルティを課せられることがあります」

『ペナルティ』の言葉に加藤がわずかに反応した。だが、知らぬ存ぜぬといった態度を取ったままだ。

「具体的に申し上げますと、同業他社へ転職したのち、前社で得た情報を不正に使用することは誓約違反です。それにより、前勤務先……今回ですと心安生命さんが不利益を被《こうむ》ったため、損害賠償責任を問われる可能性が極めて高い」

侑李はなるべくわかりやすく伝えるためか、いつもよりもゆったり話を運ぶ。

「加藤さん。あなたは転職してまだ三か月経っていないですね。心安生命さんとの誓約書の内容では、競業避止義務の拘束期間内となっているはずです」

その説明を聞き、加藤は顔を上げて反論する。

「競業避止……？　誓約書？　知りません。私、聞いてません」

「加藤さん！　君はまだそんな態度を……！」

多田部長はわなわなと身を震わせる。そのふたりに挟まれて立っている男性社員は、ずっとだんまりだ。

今回の件、実は加藤は現在の企業に雇用される直前まで、心安生命で営業事務として勤務していたのだ。心安生命に在職中、そこにいるパシフィックガードジャパンの男性社員に『うちの営業になれば、給料も上がるよ』と誘われて転職したらしい。

転職すること自体は悪くない。が、その後の行為がまさに今問題になっている。

「我が社では、雇用時と退職時に競業避止義務についての説明をし、契約を締結《ていけつ》していただいています。そちらの加藤さんも同様に」

心安生命の本部長が冷静に説明するのに、侑李も加わる。

「無作為《むさくい》に心安生命の社員数十名にヒアリングしましたが、全員説明を受けたうえで入社されています。ちなみに退社時にも再度説明する場を設けていたのを、あなたが個人の理由で拒否し、そのまま出社もせず退社されたと」

「体調がよくなかったんです。だから」

加藤が言い訳を漏らすのも気にせず、侑李は封書から書類を出す。

「あなたは、これらの同意書を退職届とともに郵送されています。自宅で十分に確認し、同意したから署名捺印されたのでは？　これは加藤さん本人の筆跡ですよね」

俯く加藤から、次に隣の男へ語りかける。

「そして、彼女をそそのかし、自社へと勧誘したのが隣の方ですね。どうやら、加藤さん以外にも同業者の方に声をかけて回っているそうで」

彼の存在を事前に侑李から聞いたときは、特段驚きはしなかった。

あの加藤という女性が、ひとりで今回のことを計画できるとは思えなかったから。

俺は冷ややかな気持ちで事態を静観し続けた。

「加藤さんは彼の提案で、前勤務先である心安生命で事務をしていたときに関わっていた顧客情報を利用した。その中の一社が、ここプレシジョンズモーター社」

侑李の言葉に合わせ、水波さんが口を開く。

「こちらの社員の情報を利用し、契約の乗り換えを数件行っていたことはすでに確認済みです」

侑李は水波さんとアイコンタクトを交わしたあと、さらに続ける。

「数週間前にはＮＷＣエアライン事業部及び、子会社のＮＷＣバーズでも同様の事態が起こっていると確認が取れています。そうですよね？」

心安生命の本部長は大きく頷いた。

「はい。どちらも彼女が在籍していた際、営業事務として関わっていた企業です」

これだけの証拠を並べ立てて、加藤はようやく立場が相当危ういと理解が追いついたのか、下を向いて下唇を噛みしめていた。

そこで俺は満を持して軽く手を上げ、口を開く。

「ＮＷＣエアライン事業部の白藤昴と申します。お気づきの通り、この場にいる弁護士は僕の従兄弟です。そして、ここプレシジョンズモーター社社長は父です」

包み隠さず関係性を告白するなり、侑李と麻倉さん以外は大いに驚く。

俺は構わず、畳みかけた。

「先ほどの競業避止義務違反のほかに――そちらの女性に至っては、僕の婚約者が根拠のない噂を流されるという迷惑行為を受け、被害を受けています」

『婚約者』とは奈子のこと。そのくらい言ったほうが、この場をうまく収められるだろうと思って、今日この場ではそのように発言しようと決めていた。

嘘をつくことに後ろめたさはあまり感じられない。そもそも卑劣な行動をした相手だ。そして、俺自身が奈子のことをそのくらい本気で想っているのは事実だから。

「……証拠は？　私が噂を流したって証拠、ないじゃないですか」

加藤から挑発的な言葉を返される。俺はひとつ息を吐いて冷静に対応する。

「では、ぜひ教えてください。あなたは、どなたからあの噂を聞いたんです？」

一瞬も目を逸らさない俺に反し、向こうはすぐさま視線を泳がせる。

「そんなの、名前なんて……忘れちゃいましたよ」

相手は苦し紛れに知らぬふりを決め込むものの、俺は動じなかった。

今日のために、裏で徹底的に情報を集めていたのだから。

あれからまず、林を捕まえて話を聞いた。俺は脅し文句など一切口にしたつもりはないが、林が勝手に慌てふためき、噂の出どころから内容、そして加藤と知り合った時期から保険の乗り換えに至るまで、洗いざらい全部話しだした。

それらを踏まえ、俺は社内だけでなく関わりのあるＮＷＣバーズの知り合いに、いろいろと聞いて回り続けた。

加藤と連絡先を交換した人や、契約を締結した人、これからする予定だった人たちが、口を揃えてみんな『心安生命の営業担当についての噂話を彼女が話していた』と答えたのだ。

すでに事実を知っている俺は、あえて悠長に返す。

「そうですか。でしたら仕方がないですね。僕が辿っていきます。どれほど時間がかかっても、出どころをはっきりさせないと。その人物を、わたしの婚約者への名誉棄《めいよき》損《そん》、業務妨害《ぎょうむぼうがい》で訴えなければいけないので」

「は……？　名誉棄損、業務妨害って大げさ……」

加藤は小さく嘲笑《ちょうしょう》し、ぼそっとつぶやいた。

俺は脅しで言っているわけではなく、至って真剣な思いで話をしている。

無言でじっと視線を送り続けていると、即座に反応を示したのは多田部長だ。

「当社の社員が大変な失礼を！　重ねてお詫びいたします。申し訳ございません！　今のお話に関しましては、まだ情報を精査できておらず……。少しお時間をいただきまして、改めてご報告に上がりたくお願い申し上げます」

青ざめた顔で何度もこちらに頭を下げる多田部長に、麻倉さんが眼鏡を押し上げながら言う。

「多田さん。本日の一連の話は社内へ報告・共有し、今後の御社との関係については追って連絡させていただきます。なお、それまで営業職員の当社及び関連会社への出入りを一切認めません。ご承知おきを」

多田部長が合意し、話が終わると、それぞれ退席していった。

最後に残ったのは俺と侑李。俺たちは、麻倉さんと水波さんへ挨拶をしてプレシジョンズモーター社をあとにする。

「侑李がいてくれたおかげで大方解決したよ。ありがとう」

このあとは、当然加藤はＮＷＣ関連会社の担当から外されるはずだ。というか、今の会社にもいられなくなるのかもな。まあ自業自得《じごうじとく》だろう。

「ちょうど抱えていた案件のことだったからな。こっちこそ、手間が省《はぶ》けた部分もあったよ。昴も通常業務でも忙しいのに、聞き込みのためにあちこち駆けずり回ったんだろ？　まさかこんな短期間で……って、心底驚いた」

「業務を円滑《えんかつ》にこなすために、日頃から社内で人脈広げておいた甲斐があったよ」

パイロットに必要な素質はいろいろあるが、その中で協調性も重要だ。日常でもチームワークのよさがフライトの質を左右するし、なにより緊急時にその重要性を発揮する。

俺は本来、狭く深い交友関係を作るタイプだ。しかし、仕事場ではそうも言っていられないと感じ、お互い気持ちよく仕事ができるようにクルーと交流していたのが功を奏した。

「それより、『おめでとう』――って言えばいいのかな？」

「なんの話？」

ふいに振られた言葉に首を捻ると、侑李は口元を緩める。

「〝婚約者〟って言ってたじゃないか。彼女とそういうことになったんだろ？」

「あー……あれ。ちょっと盛った」

思わぬ指摘に、ぼそりと答える。

すると、いつもは冷静な侑李が目を丸くして声をあげた。

「はあ？　じゃ、彼女とはただの友人のままか？」

「いや。奈子とは正式につき合ってはいる。一緒になることも俺は考えてる。プロポーズがまだだってだけで……」

身内にこんな話をするのは些か気恥ずかしい。だけど、侑李には何度も助けられていると思って、誠実に返した。

「そうか。なら、叔父さんと叔母さんに紹介はまだ？」

「まあ、そこは先に彼女へきちんとプロポーズしてからと思ってるから」

俺の両親は理解のある人たちだと思っている。

まだ発展途上だったプレシジョンズモーター社を率いたのは、俺や侑李の曽祖父《そうそふ》にあたる人物。それからバトンを受け取ったのが父だ。

昔は長男である俺が後継ぎになるのだろうと、そんな目を向けられたりもしてきたが、俺はパイロットになる道を選んだ。

それに対し、両親は世襲《せしゅう》制に囚われず、俺の背中を押してくれた。

『自分の幸せは自分で考えて、手に入れなさい』と。

「それはお前……今回の話が回って面倒なことにならないといいけどな」

心配する侑李に、俺はさらりと返す。

「大丈夫だと思う。今日の席には父さんはいなかったし。それに、万が一そうなったとしても、奈子に会えばすぐ彼女の人柄のよさは伝わるはずだ」

「老婆心で伝えておくが、結婚は人柄だけじゃないって考えの人も一定数いるぞ」

俺は侑李の心配を受け、「ありがとう」と返す。

侑李の考えは杞憂《きゆう》だと、心のどこかで軽く考えて――。


その翌日のこと。連休だった俺のもとに、一本の着信が入った。

発信主は父。『少し話したいことがあるから、実家へ顔を出すように』と言われ、昼に実家を訪れた。

ソファに悠々と腰をかけて待っていた父がやけに上機嫌で、不思議に思う。

「婚約者がいると聞いた。本当に結婚を考えている相手がいるのか?」

顔を合わせた直後の第一声に、呆気《あっけ》に取られてしまった。

どうやら昨日の今日で、もう耳に入ったらしい。麻倉さん経由で、もしかしたら話がいくかもと思いはしたが、ここまで早い展開とは思わなかった。

俺はL字ソファのひとりがけ側に腰を下ろす。

「ああ。本気で考えてるよ。でもまだ具体的な話にはなっていないから」

するとコーヒーを運んできた母が、嬉々としてそのまま父の隣に座る。

「仕事に打ち込んでいたのを知ってるから、まさかそんなうれしい知らせが舞い込むなんて思わなかったわ。ぜひ連れていらっしゃい。せっかくだから、年内には挨拶をしたいわ。どんな方なの？」

前のめりの母からコーヒーを受け取り、ひと口飲んでから答える。

「すごく芯が強くて、やさしい女性だよ。勤勉で、仕事で時間がない中でも家族と一生懸命向き合っていて、本当に魅力的なんだ」

「そうなの。ということは、ご実家暮らしなの？　もしかして、その方がご家族を支えているとか、そういう話かしら。だとしたらご立派ね」

「いや。彼女は子どもとふたり暮らしなんだ」

俺の言葉でふたりの表情が一変する。

母が神妙な面持ちをして、質問を続ける。

「子ども……？　離婚されたの？」

すんなりと受け入れられるとは、初めから思ってはいない。ただ、想像以上に重く冷たい空気になったのを感じ、戸惑わずにはいられなかった。

周囲の声に流されず、俺を縛ることもせずにパイロットの道を応援してくれた。そんな両親だからこそ、すぐに理解を得られると心のどこかで高《たか》を括っていたのかもしれない。

しかし、俺だってわかってはいる。奈子の家庭環境は、やはりめずらしいだろう。彼女は複雑な状況下で真剣に考え抜いて、今に至っている。そんな彼女の葛藤《かっとう》や覚悟を、本人のいないこの場で俺が簡単に説明するのはどうなのか。

そんな迷いが生じたために、返答が遅れる。すると、母が本音をぽろりとこぼした。

「どうしてわざわざ子持ちの人を……」

その瞬間、昨日侑李が漏らしていた助言の意味がわかった。

――『結婚は人柄だけじゃないって考えの人も一定数いる』

まさに今の両親がそれだ。

ふたりの探るような、もの言いたげな視線を一身《いっしん》に受けつつも、俺は粛々と返す。

「好きになった人が、そういう環境下にいる人だった。それだけ。子どもがいるから、いないからって次元で俺は彼女を好きになったわけじゃない」

ものめずらしさでも同情でもない。

「彼女を支えたい。彼女もまた、俺を支えてくれるくらい強くて健気《けなげ》なほど頑張り屋で、可愛い人だよ」

この感情は紛れもなく恋で、愛だ。

両親をまっすぐ見据えて思いの丈《たけ》を告げる。

ふたりはなにも言わず、黙って聞いていた。だが、表情を見るにすべてを理解し、納得している様子ではない。

父はおもむろにソファを立った。

「とにもかくにも、まずは連れてきなさい。わたしの予定は麻倉に確認するのが早いから、彼に連絡をしてくれ」

「わかったよ」

穏やかな昼下がりが一転、不穏な雰囲気に包まれたのだった。

7．幸せを願うなら

日曜日の昨日、昴さんも私もオフだったので、三人でお出かけした。

あいにく途中で天気が悪くなったため、午後からは都内の室内アスレチックへ行った。航真はそこでもめいっぱい身体を動かして、満足そうだった。

そして別れ際に、彼から『あの噂はもう広まることはないから安心していいよ』と報告を受けた。

ニコッと笑う白藤さんを見たら、なんだか詳細を聞くことができなくて、結局そのまま朝を迎え、出社している。

会社の中から窓越しに空を見て、昴さんに思いを馳せる。

彼は今日からブラジルはサンパウロ州に向かっている。

そのうち、朝礼が始まる時間になった。部長の話を聞き、それが終われば、それぞれ準備を進める。

私も今日使用する資料を確認しようと、デスクの上に並べていたとき。

「枡野さん、少しいいかな」

部長に呼ばれ、「はい」と返して席を立つ。促《うなが》されるまま別室へついていくと、そこには東京支社本部長がいた。

内心大きく動揺しつつ、「おはようございます」と一礼する。

え……。私、なにかした？　今すぐ思いつくことといえば……。

胸がざわめく中で、パシフィックガードジャパンの営業担当のことが頭をよぎる。

でも昴さんが昨日『安心して』と言ったのには、必ずなにかしら根拠があるはず。

恐る恐る顔を戻すと、本部長に「座って」と言われたので、向かい側の応接ソファに腰を下ろした。

「枡野さんだったね？」

「はい」と姿勢を正し、目を逸らさないよう心がける。

なんの準備もなく呼び立てられて、緊張で声が震えそう。本部長の表情からは、まだなにも読み取れないから余計だ。

本部長がアームレストに両腕を置き、ゆっくり背もたれに寄りかかる。

「君の職域で解約依頼が重なった件だが、まだ解約手続きをしていない顧客に関しては解約意思を改める旨、連絡があった」

「えっ」

つまり、解約を考え直してくれる、ということ……？　それも、全員から？

混乱していると、うちの部長が補足する。

「パシフィックガードジャパンの営業は、数か月前までうちで営業事務をしていた女性だったんだよ。彼女が、君や花川さんの職域での情報を利用していたようだ」

「情報を利用って……そんな……」

「そう。背信行為だ。このあと、賠償請求などの話になると思うが、そのあたりはわたしたち上の人間が対応するから、枡野さんは気にせず通常業務に勤しんで」

本部長に笑顔を向けられるも、こちらは笑う余裕なんかなかった。

営業事務？　私たち営業員をサポートしてくれる営業事務の人は数人いる。数か月前に退社したのなら、加藤さんだ。まさか、彼女が？　ここにいたときの彼女は物静かで口数も少なく、どういう人柄かあまりわからないままだったけれど。

まだ頭が追いつかずにいると、本部長は上半身を前傾させ、わずかに目を細める。

「とはいえ、一度でも他社に流れかけた顧客の心を掴めるかは君にかかっている。今日の予定は、ちょうど件《くだん》の職域だと君の上司から聞いた。ベストタイミングだ」

「は……はい」

生唾を飲んで覚悟を改める。

そうだ。噂がきっかけでもそうでなくても、どの商品を選ぶのかは顧客次第。私がしっかり顧客ひとりひとりに必要な保険を認識し、情報を伝えたうえで、うちの商品の魅力をわかってもらわなければならないのだ。

そこはシンプルに私の力量次第。噂なんか関係ない。

緊張に包まれる中、突如本部長が「ははは」と笑った。私は状況についていけず、どぎまぎする。

「そう思いつめることもない。君の日頃の成績と評判は耳に入っているよ。今後も期待している。頑張って」

本部長は相好を崩し、温かな言葉をかけてくれた。

私はその期待を胸に、気持ちを新たに邁進していこうと心に誓った。

思いがけない顛末で期待を受けた私は、その後、予定通りNWCエアライン事業部にやってきていた。

隣のNWCバーズ含め、解約検討の顧客を中心に回り、どうにか一段落ついたのが午後二時近く。疲れはあったけれど、とりあえず今日の任務をやりきった感に浸りながらオペレーションセンターへ向かった。

矢田部さんのデスクへ足を向け、声をかける。

「矢田部様、お疲れ様です」

「あれ、枡野さん来てたんだ」

「はい。初めに伺ったのですが、ご不在で……。本日はそろそろ社に戻ります。予定では、次に訪問させていただくのは年明けになるかと思います。もちろん、なにかございましたらいつでもご連絡ください。本年も大変お世話になりました」

「ああ、そうか。もう年の瀬が迫っているもんなあ」

年末の挨拶を丁重にすませ、立ち去ろうとしたら矢田部さんが起立する。

「少しいいかな？」

「は、はい」

あまりこういった展開は普段ない。夏頃に講習会の打ち合わせがあったときくらいだ。今朝、自社でも上司に呼び出されたばかりだから、なんだか構えてしまう。

私たちはパーティションで区切られたスペースに移動し、向かい合ってパイプ椅子に座る。叱責を受けるかもしれないと覚悟し、真面目な顔つきの矢田部さんを見た。

「こんな込み入った話をするのは、今ならなにかしらハラスメントに引っかかりそうとはわかってるんだけどね」

矢田部さんの切り出し方は、どんな話題が待っているのか見当がつかない。

私は固唾を呑んで、話の続きを待つ。

「枡野さん、ひとりで子どもを育てていたんだね。大変だろうに」

思いも寄らない話題に、拍子抜けする。慌てて取り繕い、苦笑交じりに答えた。

「いえ。私だけじゃありませんので。世の中には、働く母親はたくさんいますし。確かに仕事は大変ですが、チームのメンバーも訪問先の皆さんも、本当にいい方ばかりなので恵まれていると思っています」

すると、矢田部さんは柔らかく微笑んだ。

「恵まれているのは、うちも一緒。いつもこちらが仕事しやすいよう、気配りをしてくれているのは十分伝わっているよ。これからもよろしくお願いします」

「こちらこそ、どうぞよろしくお願いいたします」

しばらく頭を下げていたら、正面からぽつりと聞こえてくる。

「枡野さんを選んだ白藤は、やはり常に冷静で洞察力に優れているな。感服するよ」

「えっ」

思わず勢いよく姿勢を戻すと、矢田部さんはにっこり顔だ。

「お願いばかりで申し訳ないが、白藤のこともよろしく頼むね」

そんなふうに言ってもらえるとは思わず、このうえなく胸が熱くなった。

身体が勝手に動き、すっくと立ち上がる。

「白藤さんとのこと……決して御社にご迷惑をおかけしません。広い心でご理解くださり、謹んでお礼申し上げます。……本当にありがとうございます」

そうして矢田部さんと和やかな空気で別れ、オペレーションセンターを出る。

管理室を目指して歩き出したときに、今しがた私があとにしたドアが再び開いたのが音でわかった。反射的に後ろをちらっと振り返ると、そこにいたのは私よりも少し年上らしき、綺麗な顔立ちのCAさんだった。

彼女にも以前商品のパンフレットを一、二回渡したことがあったはずだけど、それ以来直接話をしたことがない。

彼女は私と目が合ったまま動かない。些か疑問に思って、笑顔で話しかける。

「あの……なにか商品についてなど、お困りでしたか？」

すると、その女性はふるふると首を横に振った。それでもなお、私に用があるのか立ち去りはしない。

あとはどんな言葉をかけたらいいのか考えあぐねていると、彼女が動いた。

「ごめんなさい。そんなに親しくもないのに、こんなことを言うのは不躾だと承知しているんです！　先ほどの……矢田部との話が聞こえてきてしまいました。それと、噂も小耳には挟んでいたんですが」

「え……あ……」

あまりいい話ではなさそうだと思い、無意識に視線を下げた、次の瞬間。

「推します！　もう、カップル推しです！」

彼女はそう言って、突然私の両手を取って握った。

あまりの衝撃に、思わず彼女を凝視《ぎょうし》する。

「私の同僚や後輩も、あの噂を聞いたときに『心安生命の営業さんはそんな人じゃない』って言っていたんです。相手が白藤さんだって話が流れてきたときも、『白藤さんは下心のある女性になんか靡《なび》くはずがない』とも話題になって」

まだ最後まできちんと話を聞いていないけれど、彼女の手が温かいのはわかる。

彼女は少し上半身を屈め、私の目を覗き込む。

「枡野さんがいつも笑顔で私たちを思いやってくれているの、たぶん私だけでなく、クルーみんなが知ってます。そんな枡野さんが大変な家庭環境の中、頑張っていたなんて……ダブルで尊敬します」

「そ、そんな。尊敬だなんて、大げさですから……」

私が恐縮すると、彼女はズイとさらに顔を寄せてくる。

「いいえ。それに枡野さんだけじゃないです。私たちの間では、そういう枡野さんを選んで大切にしている白藤さんも〝推せる〟って話になっているんです」

「お、推せる……？　って……」

「もう存在自体が尊いカップルです！　陰ながら応援しております！」

言いたいことを言い終えたのか、彼女は手を離し、照れくさそうに笑顔を見せて軽快に去っていった。

私は狐につままれた心境で、その場に立ち尽くす。

今しがた握られた手の熱を思いだし、徐々にそのやさしい温もりを実感した。


数日後の朝。昴さんから無事に帰国した旨、メッセージが入っていた。

長旅で疲れているだろうからと、連絡を必要最低限に控え、一日を終えた。

航真の寝顔を眺め、午後十時にはリビングに戻ってほうじ茶を片手にノートパソコンを広げる。そのタイミングで、スマートフォンにメッセージが来た。

【その話、もっと詳しく！】

メッセージを送ってきたのは瑞恵。航真の寝かしつけ前まで、何回かやりとりをしていたのだ。

たまたま瑞恵からメッセージが送られてきて、その流れで【支えてくれる人ができたよ】と、昴さんの話を伝えたらこんな返信が来たというわけだ。

【瑞恵、休憩時間もうそろそろ終わるでしょ？　今度会ったときに話すね】

私の返信に、瑞恵は号泣しているキャラクターのスタンプとともに【仕事終わったら空いてる日、確認して連絡する！】と返ってきた。

つい笑いをこぼし、スマートフォンをデスクに置いてノートパソコンと向き合う。

その直後、再びスマートフォンが振動した。瑞恵からの返信かと思いきや、昴さんからの通話着信で驚く。

「はい」

『お疲れ様。今、平気？』

「大丈夫。航真も寝たし、仕事も急ぎのものはないから」

思わぬ電話に、咄嗟に椅子から立ち上がる。

『もし迷惑でなければ、ちょっとだけ顔を見に行ってもいい？　長居はしないから』

突然のお願いに、うれしい気持ちと心配な気持ちが半々になる。

こんな時間にわざわざ『ちょっとだけ』って、なにかあったのかもしれない。

「それは構わないけれど……夜だし、だいぶ外は冷えてるのに大丈夫なの？」

『全然。車だし、近いし。それに、実はもう近くまで出てるから』

「え！」

私は急いで窓際へ移動し、カーテンの隙間からアパートの下を見た。そこには、確かに彼のものらしき車が停車していた。

『いつものパーキングに停めてくるから、十分くらい待ってて』

昴さんはそう言って通話を切ると、ぴったり十分後に玄関前までやってきた。

インターホンを鳴らすと航真が起きるかもしれないから、と玄関先でメッセージが送られてきて、慌てて出迎える。

「こんばんは。どうぞ上がってください。今お茶を」

「いや。もう遅いし、ここで」

昴さんは三和土《たたき》に立ったまま、にこやかにそう言った。

彼は明日もオフ。つまり、明日仕事がある私に気を使って、そう言ってくれていると察する。

「あ。あの噂の件だけど、昴さんの言った通り丸く収まったみたいで」

「そう。よかった」

ふわりと微笑まれ、胸が高鳴る。

照れくささから視線を落とし、言葉の続きを必死で考える。

矢田部さんとのことを話す？　それとも、ＣＡさんから思いも寄らない言葉をかけられたこと？　ううん。どっちもなんだか気恥ずかしい。

「奈子」

頭の中で忙しなく考えごとをしていたら、ふいに名前を呼ばれた。顔を上げると、さっきまでの淡い羞恥心などすぐ忘れ去る。

昴さんが、ものすごく真剣な目をしてこちらを見ている――。

「週末、俺の実家に一緒に来てくれないか」

「……え？」

ふいうちのお願いに動揺する。

それって、つまり……そういう？　気が早いような気も……。でも、私たちの〝おつき合い〟はお互いの将来を見据えたものだとは思う。だったら、早々に挨拶に出向くのが筋かもしれない。相手が〝私のような人〟だから、なおさらに。

なんともいえぬ、居た堪れない気持ちでいっぱいになる。

自分も、まして航真も悪いことはしていない。だけど恋人として紹介されたときに、堂々としてもいられないというか……。後ろめたいことはなにひとつないのに、そういった心境になってしまう。

ご両親にとっても、他人の話として聞くのと、息子がそういう境遇の相手を連れてきて当事者となるのとでは、やっぱり違うだろうから。

それぞれの立場からの感情を想像し、すべて心の中にとどめた。

「わかりました。今週末は必ず空けます。ぜひよろしくお願いします」

笑顔を見せ、粛々と頭を下げる。彼は私の手を取り、「ありがとう」と微笑んだ。

私、うまく笑えていたかな。弱気になっていることに、気づかれてなければいいんだけど……。

表情を意識していると、するっと指を絡められてドキリとした。

お互い数秒間、見つめ合う。でも、私の心はときめきよりも不安が勝っていた。

ふいに昴さんのもう片方の手が、私の後頭部を包み込む。やさしく引き寄せられ、彼の胸の中に顔を埋めた。

「なにも心配しなくていい。奈子はとても魅力的な女性だ。ひとつも後ろめたい思いをする必要はないから。それだけは必ず心に留め置いていて」

本当に聡くてやさしい人。

彼が素敵な人であればあるほど、私のこの罪悪感にも似た感情は切り離せないのかもしれない。私自身、彼に見合っているかどうかがわからなくなる。でも……。

ゆっくりと顔を離し、上を向く。それを手伝うように、昴さんが頬を両手で包み込んでくれたかと思えば、瞬く間に甘い唇が落ちてきた。

「だめだよ？　自分の価値を下げて考えるのは」

心地のいい声音に、自然と心が解れていく。私は右手を彼の手の甲に重ね、瞼を伏せた。

「……うん」

「むしろ俺は果報者《かほうもの》だ。こんなに健気で堅実で心やさしく……可愛い人に振り向いてもらえたんだから」

甘いどころではない言葉を次々並べられ、たちまち顔が熱くなる。柔和な瞳に魅入られて、私は彼から目を離せない。

「早く俺も奈子の家族になりたい。その気持ちをただ両親に伝えたいんだ。そのときに、奈子が隣にいてくれると……うれしい」

彼のまっすぐな想いを聞き、目頭が熱くなる。

大切だから、彼よりも彼の家族の気持ちに寄り添ってしまった。だけど、私が心を尽くすべき相手は今、目の前にいる人。

「本当にありがとう。……大好き」

　そう言って私は彼の背中に腕を回し、ぎこちなく抱きついた。


　昴さんのご実家への訪問は、土曜日を予定している。

　前夜である今日は、私の終業後に昴さんのマンションで三人一緒に夕食をとった。

　三人ですごす時間を当たり前のように感じながらも、私は昴さんのご実家へ航真も連れていくべきか否かをずっと考えていた。

　航真はしっかりした子だから、騒いだりすることはないと思う傍ら、込み入った話になるかもしれないことを想定すれば、今回は世田谷の義兄の実家へ預けたほうがいいのでは……と。

　その迷いを昴さんに相談すると、『航真くんさえよければ、一緒に連れていきたいと思ってたよ』と返された。

　そうして昴さんに自宅アパートに送ってもらい、寝室へ入った直後、航真の前に膝を折って座る。

「寝る前に、ひとつ話をしてもいいかな」

「うん。なにー？」

航真は私を見上げ、純粋な目を向ける。

「明日、昴さんのお父さん、お母さんにご挨拶へ行く予定なの」

「おにいさんの？」

私は一度頷き、膝の上の拳にグッと力を込めて航真をまっすぐ見る。

「お母さん、航真も一緒に連れていきたいなと思ってる。だけど……航真が『緊張する』とか『なんとなく怖い』とか、そういう気持ちになるなら、お祖父《じい》ちゃん、お祖母《ばあ》ちゃんのおうちで待っ――」

「行く」

航真もまた、真面目な顔つきでひとことそう言った。

「ぼくも行く」

改めてまた意志を口にする航真に、私はニコッと笑いかける。

「そっか。わかった。一緒に行こうね。じゃあ、絵本とかおりがみとか、そういうのも持っていこう。お母さん、準備しておくから」

「うん」

私は航真のサラサラな髪を数回撫でて、寝転がる航真に布団をかける。

「それじゃあ、おやすみ。また明日ね」

「おやすみなさい」

航真の笑顔は私の癒やし。

この笑顔を前にしたら、なんでもできる気持ちになるから不思議だ。

瞼を閉じながらも、私の手をきゅっと握る航真が心から可愛い。

明日はどういう雰囲気になるか、わからない。それでも、航真にだけは苦々しい思いをさせたくない。

だけど、きっと大丈夫。

私はひとりじゃないし、相手は昴さんのご両親なのだから。


都内の閑静《かんせい》な住宅街に佇む一軒家。

広々とした庭は、手入れが行き届いていて、外観からして周囲と比べ、ちょっと特別感を抱くようなおうちだ。

立派なご実家だとは想像していた。ここまでの道中、彼のお父様《とうさま》はあの有名な自動車メーカーの子会社、プレシジョンズモーター社の社長だと聞かされていたから。

私は緊張しつつ航真と手を繋ぎ、昴さんについていく。玄関にお邪魔すると、お母様らしき淑《しと》やかな女性が出迎えてくれた。

「昴、おかえり。こんにちは、昴の母です」

私よりも長めのミディアムヘアは、ウェーブがかかっていて艶やか。髪だけでなく、落ちついたテラコッタ色のロングスカートに、アイボリーのニットトップスというファッションや、さりげなく身につけたブレスレットやネックレスまで、とても上品でおしゃれな人だ。

私はその場で挨拶をし、客間の和室に案内される。「お茶を用意してくるわね」と一度立ち去ろうとするお母様《かあさま》に、丁重に手土産を渡した。

私たちは客間に足を踏み入れ、昴さんと並んで膝を折る。

「やっぱり緊張する……」

「気持ちはわかるけど、もっと気を楽にしていいよ。航真くんにも緊張がうつっちゃうかもしれないし」

後半は声を落として、こっそりアドバイスしてくれる昴さんは、いつも通りの柔らかな笑顔を見せた。

航真は窓越しに庭を眺めている。そこに、人影を感じて襖《ふすま》側に目を向けた。

やってきたのは、渋い魅力を放つ男性。

ひと目見て、昴さんのお父様だとわかる。顔立ちがそっくり。特に目元が似ているというのが第一印象だ。違うところといえば、まとう雰囲気かもしれない。威厳に満ちた風格を感じられ、否が応にも緊張してしまう。

けれども、私とて仕事柄多くの企業へ訪問し、ときには社長ともお話をさせてもらうこともある。お父様のような雰囲気の方ともたくさんお会いしては、ご指導ご鞭撻《べんたつ》をいただいてきた。

今日は臆《おく》することなく、私たちの思いを真摯に伝えなくちゃ。

改めて意気込んでいると、お父様が昴さんの正面に座る。それを合図に、昴さんがまず私を紹介してくれた。

「彼女が枡野奈子さん。大手生命保険会社に勤めていて、ＮＷＣエアライン事業部も担当しているんだ。奈子、俺の父だよ」

「初めてお目にかかります。枡野奈子と申します。この子は息子の航真です」

「こんにちは」

航真はペコッと小さな頭を下げる。

私たちが自己紹介をしていたときから、お母様も客間に戻ってきていてお茶を出してくれた。航真の前にはグラスに入ったオレンジジュースだ。

このジュースは、事前に用意してくれていたのかな……。もしそうなら、昴さんは航真のことを先に伝えてくれていたのかもしれない
全員の前に飲み物を置き終わったお母様が、航真に尋ねる。

「こんにちは。航真くんはいくつなの？」

「五さいです」

「そう……しっかりしてるのね」

唇に笑みを浮かべながら航真へ声かけしてくれるだけで、ほっとしてしまう。

お母様はお父様の隣……私の向かい側に腰を下ろす。

ここから本題に入るであろう流れは、誰かが口にしなくてもわかる。私はこっそりと航真へおりがみと絵本を渡した。すると、航真は私の顔を窺ったのちに、座卓の角で静かにおりがみを選び始めた。

昴さんが口火を切る。

「この間も話したけど、俺は彼女との将来を真剣に考えてる」

ご両親に向かってはっきりと言い切る昴さんに、胸が熱くなる。

「将来……か」

すると、お父様がぽつりとつぶやいた。

お父様の声色と難しい表情から、歓迎されていないのだろうなと察した。

私は目の前のお茶に視線を落とし、気持ちを落ちつかせる。

「枡野さん。少し、あなたについてお話を聞かせてもらっても？」

お父様の様子は、さながら面接だ。

緊張の中、お父様と向き合い、すうっと息を吸い込む。

「はい。大学卒業後、保険外交員として勤続しております。歳は二十七です。ほかにご質問があれば、なんでもお答えいたします」

「あまり堅苦しい雰囲気は、彼女も航真くんも居心地が悪いだろう。父さんも母さんも、もうちょっと和やかな空気を心がけてほしいんだけど」

すかさず昴さんがフォローしてくれた。でも私は、それは難しい話だと思う。だって、私はご両親にとって、一般的に息子が結婚前の挨拶に連れてくると想像するような相手ではないだろうから。

「昴さん、そんなことないですから」

私が小声で伝えたのち、数秒間しんと静まり返る。聞こえてくるのは、航真がおりがみを触るささやかな音だけ。

次に口を開いたのはお母様だ。

「枡野さんが、おひとりで子どもを育てている事情を伺いたいわ」

一斉にお母様に視線が向く。お母様は物怖じせず、堂々と続けた。

「ごめんなさい。顔を合わせてすぐ伺うには大変失礼な質問とはわかっています。ですが、将来を考えていると言われれば、聞かないわけにはいかないわ」

お母様の気持ちは至極もっともだと思う。一番気になることなうえ、聞きづらいことを言わせてしまった。

「——はい。きちんとお話しいたします。航真、おいで」

私はおりがみの途中だった航真を呼び、すぐ隣に座らせる。航真はひとつもぐずらす、ピンと背筋を伸ばして正座した。

航真の頭をそっと手で触れ、顔を覗き込んで笑いかける。

「この子は枡野航真。正真正銘、私の息子です。でも、数年前までは私の甥でした。姉が産んだ子どもで、そのときには大久保という姓でした」

私の話を聞いたご両親は、ふたりとも大きな衝撃を受けた様子だ。今もまだ、目を丸くし、私たちを凝視して固まっている。

そのとき、昴さんは私と航真との関係をまだ伝えずにいたのだと確信した。

「姉は義兄との関係も良好で、絵に描いたような幸せな家族だったんです。私も姉はもちろん、義兄のことも大好きで……しょっちゅう遊びに行っては、航真と触れ合っていました」

あの頃の、今よりももっと小さな航真を思いだして、自然と顔が綻ぶ。

ふとお母様にもう一度目を向けると、不安そうに眉を顰めてこちらを見ていた。

私は小さく微笑み返し、さらに続ける。

「二年前の春です。姉夫婦は交通事故に巻き込まれ、帰らぬ人となりました」

お母様はついに両手で口元を覆い、悲しげに眉を垂れさせた。

本当は私もまだ、あのときの胸の痛みは風化していない。努めて冷静に説明しようとしているから、気持ちを保てているだけ。

しかも、航真の前だ。私が動揺する姿はなるべく見せたくはない。

込み上げるものを、くっと喉の奥に押し込んで、ご両親を見据える。

「航真の引き取り手の候補が義兄側の祖父母しかおらず、その祖父母も高齢と持病を理由に、泣く泣く施設に預ける方向で決断をしようとしていました。そこで私が……。どうしても、航真を施設へ送り出したくなかったんです」

今でも、その当時のことを思いだせる。本当に大変だった。

でも、一番大変な思いをしていたのはほかでもない航真だ——。

そう思うと、どんなことも頑張れた。

「いろいろと手続きは複雑でしたし、正式に迎え入れたあとも大変なのは重々わかっていたうえで、航真と家族になる道を選択したんです」

航真を見つめ、目を細める。

「航真が私を『お母さん』として受け入れてくれたことは、本当にうれしくて……忘れた日はありません」

航真は私をじっと見つめ返す。

私は航真の頭を一度撫でて、ご両親に頭を下げた。

「話が長くなり、すみません。つまり、私は未婚なのですが航真は実子として――」

ガタン！　と座卓が揺れ、お茶がこぼれそうになった。全員驚いて、膝立ちになったお母様を見る。

「昴……！　どうして……！　こんな大切な話を教えてくれなかったの！」

お母様は目にうっすらと涙を浮かべ、昴さんを叱責する。

すると、昴さんはご両親を見たまま、さりげなく私の手を包み込むように握った。

「〝大切な話〟だからこそ、彼女の口から伝えてもらうべきだと思った。俺が簡単に説明していい話ではないと、そう思ったんだ」

昴さんは真剣な面持ちでそう答える。それからこちらに顔を向け、やさしく目尻を下げた。

「それに、ふたりの経緯はどうあれ、今は彼女の子どもで家族であることには変わりないから」

ご両親は唖然として、言葉を失っている。私もここでどんな声をかけるべきか、考えて間ができてしまった。

微妙な空気の中、昴さんが航真に顔を近づけ、そっとささやく。

「おりがみの続き、していていいよ。完成したら、あとで見せてくれる?」

航真は心なしか表情を緩め、「うん」と答えてさっきの位置へ移動する。おりがみの続きに没入《ぼつにゅう》し始めた航真の姿を見ていたら、お母様がぽつりとこぼす。

「そう、ね。ただ……。奈子さんにとっては甥っ子でも、昴にとっては……」

お母様が私や航真を邪険にしていないのは、ずっと感じてはいた。それでも難しい顔をしているわけは、シンプルに昴さん《息子》が心配なのだ。彼を信じていないのではなく、親だからこそ、あえて不安材料を挙げて指摘している——そんな感じかもしれない。

そう考えると、どうしても申し訳なさを感じて、思わず頭を垂れた。

「昴さんに想いを告げられて……私なりに慎重に考えていたつもりでした。ですが、昴さんのご両親のお気持ちまで考えが及ばず、未熟さは否めません。本当に申し訳ありませんでした」

下を向き、きつく瞼を閉じる。膝の上の拳に力を込めて心の中で三秒カウントし、顔を上げた。

「ですが、どうか即断せずにいただけませんか？」

私が懇願すると、ご両親も、昴さんでさえ、虚を突かれた顔をした。

「私も生半可な気持ちでご挨拶に伺ったわけではありません。お父様とお母様がいつか無理なく私たちを受け入れてくださるまでは、現状のままでも構いません。まずは、お互いに交流を深めていけたら……うれしいと思っています」

今日、初めてお会いするご両親にすぐ受け入れてもらおうだなんて、考えてはいなかった。心を開くのには……家族になるには、ゆっくりと時間をかけるべきだと誰よりも私がわかっている。

そこで、昴さんが言う。

「もしも、彼女の姉夫婦が健在だった世界線で、俺が彼女と一緒になっていたとしたら——航真くんは、俺にとっても可愛い甥になってた子だ」

思わず隣の昴さんを見た。

彼の言葉はいつも思いやりにあふれていて、温かい。

「どんな出会い方でも俺は航真くんが可愛いし、どんな環境の彼女でも、変わらず好きになってる」

ご両親の前で情熱的な告白をされたというのに、照れる気持ちなんかまるでない。ただ胸の奥が熱くなって、うれし涙がこぼれそうなのを必死に堪える。

「できた」

そんなタイミングで、航真が無邪気に明るい声をあげた。航真は小さな両手に作り上げた作品を乗せ、昴さんのもとへ向かう。

「おにいさん、見て～」

航真がいそいそと昴さんの前に並べたのは、おりがみのクリスマスツリー。

側面が蛇腹《じゃばら》のように折られている円錐型の緑色のおりがみを、大中小の三種類を重ね、モミノキに見立てているもの。茶色のおりがみで幹を、黄色のおりがみで上に飾る星まで折っていて、相変わらず感嘆するほどの作品だ。

昴さんは、座卓に飾られたクリスマスツリーに顔を近づける。

「すごいなあ。いくつかのパーツを作って組み立ててるんだ？　このくらいのサイズなら、どこにでも飾れていいね」

昴さんにいつものように褒められて、航真はたちまち得意げな顔をする。

そんな航真を心から愛しそうに見つめる昴さんの横顔に、素直に幸せを感じる。

航真は生き生きした表情で、さらになにやら工夫を凝《こ》らそうと、再び工作に集中しだした。

「『自分が愛されないのは環境のせい』だって、『不可抗力《ふかこうりょく》なんだ』って、間違っても思わせたくはない。俺たち大人は子どもを失望させるんじゃなくて、希望を与えるべきだ」

昴さんは、穏やかかつ真摯な声音でそう言った。

切実な思いを伝えられたお母様は、熟慮《じゅくりょ》する様子で口を引き結ぶ。それから、ふっと視線を私に向けた。

目が合った途端、ドキリとする。

「ごめんなさい。きちんと話をする前から、先入観に囚われて敬遠していた部分があったと反省してます。今さらと思われるでしょうけれど、邪険にしていたわけではないの。困惑する気持ちが大きくて……。なんて、そんなの体のいい言い訳ね」

気まずそうに苦笑するお母様を見て、思わず即答する。

「いえ……！　やっぱり挨拶に来た相手に子どもがいると聞けば……。心配し、構えてしまうのは親御さんとしてありえることと思います。どうか謝らないでください」

〝母親〟が我が子を大事に思って、つい先回りしたくなるほど心配するのは不思議じゃない。

「いいや。家内の言う通りです。あなたのうわべの情報だけで、偏見を持ってしまっていたんだ。いい大人が恥ずかしい。本当に申し訳なかった」

しばらく口を噤んでいたお父様が声をあげたかと思えば、突然謝られた。

私が狼狽えていると、お母様が航真を見てひとりごとのようにこぼす。

「じょうずね。手先が器用なのね。それに、こんな知らない大人がいる中で怖がりもしないで……」

その小さな声に反応した航真は、ぱっと顔を上げてお母様を見る。

「こわくないです。おにいさんの、おかあさんだもん」

航真のひとことは、私だけでなくお母様も胸にきたようで瞳を潤ませていた。

航真は持参していた小さなシールを、飾りとしてクリスマスツリーに貼り終える。

そして、それを手にお母様のそばへ向かい、小さな手のひらを差しだした。

「どうぞ」

「まあ……。ありがとう。しっかりしているだけでなく、とてもやさしいのね」

お母様は、航真の目をしっかり見てそう言った。柔和な眼差しでクリスマスツリーを受け取り、なにか思いだしたらしく「あっ」と声をあげる。

「そうだわ。おやつを用意してたの。航真くん、ケーキは好き？」

「すき！ ……です」

「ふふ。奈子さん、航真くんはアレルギーとかないかしら」

「大丈夫です。ありがとうございます」

お母様と航真の距離が、一気に近づいたのを感じる。

お母様はクリスマスツリーを手に持ったまま、すっくと立ち上がる。

「じゃあ、航真くん。おばさんのお手伝いしてくれるかしら？」

「うん」

そうして、お母様は私にアイコンタクトをして、航真を客間から連れだした。

大人三人になった客間には、再び沈黙が流れる。

第一声は昴さんだ。

「父さんや母さんには、彼女との将来を応援してほしいと思ってる」

お父様をまっすぐに見据える双眼は、横顔からでも熱を帯び、真剣なのが伝わってくる。

「俺は彼女と航真くんを幸せにしたい。それには、まず父さんと母さんの承諾が不可欠なんだ。彼女は自分よりも周りの人たちの幸せを願う、そういう女性だから」

喉の奥が熱い。泣きそうになるのは、これでもう何回目だろう。

「さっきも詫びた通り、奈子さんも航真くんも、心根がまっすぐだとわかった。だが、冷静になった今だから言う。すぐに結婚することは認めない」

感極まっていた最中《さなか》、お父様の強固な意志を感じさせる声音に背筋が伸びる。

『認めない』とはっきりと告げられて、心が押しつぶされそうになった。

けれども私は、俯かずにお父様と向き合い続ける。

すると、お父様の怜悧《れいり》な目が私を捕らえる。厳しい言葉をかけられることを覚悟した、次の瞬間。

「奈子さんに余計な苦労をかけるかもしれないだろう」

「……え?」

頭がついていかない。

厳しい現実と辛辣《しんらつ》な言葉を突きつけられる……そう思っていたのに。

ぽかんとしていると、お父様は昴さんに向かって険しい面持ちで続ける。

「『好き』だの『将来を真剣に考えてる』だのと、口先で語るのではなく、行動で示すんだ。お前が本当に奈子さんとあの子を支えられると判断したときに、お前の要望を認めることにする」

『認めない』と言った理由は、私や航真が原因ではない……？

むしろ私たちを擁護《ようご》してくれる、そんな宣言だったことに驚嘆せずにいられない。

茫然とする私とは違い、昴さんはきっぱりと言い返す。

「異論はない。端からそうするつもりでいるから」

「子どもを育てるというのは、言うのと実際するのとではまったく違う。ときどき会って遊ぶような感覚でいるなら、今ここで意識を改めるべきだと言っているんだ」

「ちゃんと理解してるつもりだ。なんで父さんがそんなことまで……」

昴さんの声がやや感情的なものに変化するのを感じ取り、仲裁《ちゅうさい》に入るべきかと迷っていたら襖が開く。

「うちはお父さんも積極的に子育てをしてくれていたからよ」

膝をついていたお母様はそう言って、ケーキの載ったお盆を持って立ち上がる。座卓の近くで再び膝を折ると、ケーキのお皿を置きながら昴さんへ語りかける。

「覚えているでしょう、昴。あなたは小さい頃にしょっちゅうお父さんの会社に行ってたこと。あれは、お父さんが私を気遣ってリフレッシュさせてくれていたのよ」

昴さんはお皿にフォークを添えるお母様を見つめ、思いだしたようにつぶやく。

「言われてみたら……休みの日、父さんと会社に行くことはよくあった」

「昔の時代だからな。休日出勤に子連れで行っても、とやかく言う人なんかいなかったんだ。昴も聞き分けのいい子どもだったからな」

淡々と話すお父様に、昴さんは気恥ずかしくなったのか顔を背けた。

そういえば、前に昴さんがちらりと話していた。パイロットを目指したきっかけは、お父様の仕事だったって。

それは、お父様がよく子守《こもり》を引き受けて、昴さんを会社へ連れていっていたから。

そんな光景、想像するだけでニンマリしちゃう。昴さんの幼少期ってどんなだったんだろう。

昴さんの横顔をこっそり窺って、小さかった頃を勝手に想像しては頬を緩ませる。

お父様は腕を組み、ひとつ息を吐く。

「お前は昔から自分の意志は曲げない、ちょっと頑固なところがあったと思ったが、今も変わらないんだな」

「『頑固』はなんか頭が固く聞こえて、いい感じがしないな」

昴さんが、めずらしく機嫌を損ねた。

そんな姿も、きっとご両親の前だからだろうと思うと、可愛く見える。

どうやらお父様も私と似た心境になったのか、口元を緩めていた。

「まあでも、意見されて気持ちがすぐにぶれてしまうようなら、パイロットには向いてなかっただろう。昴が自分の能力や資質を客観的に捉えられるのは知ってる。だが、〝経験者〟の言葉は柔軟に聞き入れるように」

「そうね。私たちは子育ての経験者で、人生の先輩っていうことね」

お母様がそう言葉を添えると、ふいにお父様がニコリと微笑んだ。

「……懐かしいな。思いだしたよ。昴が選択した道を信じて応援したことを」

お父様の笑顔に見惚れてしまったのは、まるで数十年後の昴さんを目の前にしている感覚になったからだ。

ぼーっとしていると、お母様に突然頭を下げられ、我に返る。

「奈子さん。昴をこれからもよろしくお願いします」

「いえ！　こちらこそ、いつもお世話になっているのは私たちのほうで……。でも、この先は、ちゃんと支え合っていきたいと思っています」

どんなことも分かち合える関係に……家族になりたいと心から思う。

お母様の笑顔はさっきまでと少し違って、親しみを感じられた。

「さ、航真くん。手伝ってくれて、ありがとう。先に好きなのどうぞ」

航真はお母様の言葉を受けても、ケーキを選ばなかった。

ケーキはどんな種類も好きなのに。どうしたんだろう。

航真はケーキをじっと見たあと、お母様を振り返った。

「……みんなで〝いっせーの〟にする」

航真の反応に、みんな目を丸くする。私はすかさず航真に声をかけた。

「航真。昴さんのお母さんは、お手伝いをしてくれた航真に一番に選んでほしいんだって。好きなものを選ばせてもらったらどう？」

すると、航真は少し考えて、ぱあっと笑顔を咲かせる。

「じゃー、これ！　これ食べたい！」

航真はチョコレートケーキを選ぶ。

「チョコレートが好きなの？　覚えておくわね。はい、どうぞ」

航真はチョコレートケーキが載ったお皿を受け取り、「ありがとう」とうれしそうにはにかんだ。

そのあとは、打って変わって和やかな雰囲気になり、あっという間に時間がすぎていった。

夕方まで長居してしまった私たちは、ご両親にお礼を伝えておうちをあとにした。

帰り際にはお母様から『また来てね』と声をかけられ、私はうれしかったのと同時にほっと胸を撫で下ろしていた。

「ありがとう、奈子。航真くんもね」

「んーん！」

帰りの車内でも、無事に初対面の挨拶をすませられたことにほっとしていると、航真が運転席の昴さんに話しかける。

「ねえ。ぼくたち、もう家族になれた？」

突拍子もない質問とはいえ、あながちまったく関係なくもない。

私は動揺して航真を嗜める。

「もう、航真ってば――」

「正式にはまだ。でも、家族になるための一歩は進んだよ」

私と同時に口を開いた昴さんは、にこやかにそう言った。

「そうなの？　やったあ。それ、あと何歩あるの？」

航真は両手を上げて喜んだ直後、真剣な顔でそんな質問を投げかける。

途端に、車内に明るい笑い声が響いた。

「あと何歩かはわからないけれど、三人で歩幅を合わせて一歩ずつ進めたらいいな」

昴さんのやさしい答えに、私は自然と笑顔になっていた。


そうして週が変わり、今日はクリスマスイブ。

今年はイブもクリスマスも平日だから、私は通常通り仕事だった。航真も基本的には暦通りで年末年始まで、いつものように保育園だ。

昴さんはというと、イブのみオフで、イブの前後は国内線の仕事が入っているらしい。そのため、平日ではあるけれど、今日三人でささやかなクリスマスパーティーをすると決めていた。場所は昴さんのマンションで。

私が前日から準備していたちょっとした料理と、オフだった昴さんが行きつけのお惣菜店で買ってきてくれたオードブル。そして、予約していたケーキを並べた。

食後にはみんなでプレゼント交換もして、とても楽しい夜をすごした。

私が後片づけを買って出てキッチンにいる間、航真は昴さんに手伝ってもらって急いでお風呂をすませると、得意のおりがみ工作を一緒に楽しんでいた。

「航真。そろそろ歯みがきして寝ないと。サンタさん、きっと困っちゃうよ」

「歯みがきする！　おにいさんもいっしょに行こ。歯、みがこ！」

航真は昴さんの手を引いて、意気揚々と洗面所に向かう。

私が『ごめんなさい』という意味で小さく頭を下げると、昴さんは笑顔で首を横に振った。

実は今日、航真の意向《いこう》でお泊まりさせてもらうことは事前に決まっていた。

明日は全員が仕事と保育園とで大変なのに、航真がめずらしく『泊まりたい』と言ってきかなかった。

まあ、ここはうちのアパートからそう遠くないから、朝のルーティンにそこまで影響はないんだけど。昴さんのことだけが気になる。明日の仕事、大丈夫かな……。

それから、航真はいつも以上にいい子で、あっという間に布団に入った。

完全に寝たのを確認してリビングに戻ると、昴さんがキッチンにいた。

「航真くん、寝た？」

「うん。ぐっすりと」

「そう。じゃ、はい。ここからは二次会」

昴さんに手渡されたのはシャンパングラス。

「平日だけど、一杯くらいなら大丈夫だろう？　ごめん。俺は仕事の前日はアルコールを控えてるからノンアルコールなんだけど」

「ありがとう……。せっかくなので、いただきます」

ソファに並んで座り、お互いのシャンパングラスをそっと近づけて乾杯をする。

ローテーブルには昴さんが用意してくれていたおつまみの盛り合わせ。ナッツや野菜スティック、数種類のピンチョス。それとソフトクッキー。

私はチョコレート風味のソフトクッキーを口に入れる。

「美味しい！　中にチーズも入ってる。塩気もあって、お酒に合う。こういうの、すごくいいね。今度このお店に行ってみたいな」

「和洋中なんでもあるし、どれも美味しいからいつもお世話になってるんだ。今度一緒に行こうか」

「うん。でも、ちょっと意外。昴さんって、なんでもできちゃうのかと思ってたから。料理はまったくだめなの？」

「だめっていうか、まともにしたことがなくて。それ以外に時間を使ってたから」

「そっかあ。じゃあそれって、やればできるかもしれないってことだね」

「ひとりでキッチンに立つ時間にそれほど魅力を感じなかったけど、奈子と一緒にってことなら話は別かもな」

昴さんが私を見て、ニコリとする。

そんなふうに微笑まれると、照れくさくて目のやり場に困る。

「クリスマスをこうしてすごすのも、本当に楽しかった。プレゼントもありがとう。大事にする」

「あ……。でもなんか、色気のないプレゼントになっちゃって」

さっき、プレゼントを贈り合った。

私は彼からシステム手帳をもらい、彼にはリカバリーウェアを渡していたのだ。

「奈子と航真くんが俺のことを考えて選んでくれただけでも、最高にうれしいプレゼントだから。さっそく出張のときに持っていくよ」

「……うん。私も来年度から大切に使うね。ありがとう」

彼と話をしていたら、時間が経つのはあっという間。時計を見ると、もう午後十一時を回っていた。

「あ、そろそろ片づけるね。私がやるから、昴さんお風呂とか明日の準備とか……」

「俺があとで片づけておくから、奈子が寝る支度を終わらせたらいいよ。あ、航真くんのプレゼントはそのあとかな？　いつも枕元に置いてるの？」

「うん。毎年そうしてて。私も小さい頃、そうだったから。あ、昴さんは？　ツリーの下とか？」

「そう。あれ、わくわくしたもんだよな。明日の朝、航真くんの反応見逃さないようにしなきゃ。あー、でも朝方勝手に覗きに行くのも気が引けるな。奈子からどんなだったか聞くだけで我慢しておこう」

昴さんはローテーブルに置いてあったプレートを重ね、後片づけを始めた。

彼の横顔をじっと見つめ、思いきって切り出す。

「……一緒に、寝ますか？」

「……え？」

大抵のことには動じない昴さんが、驚いた顔でこちらを振り返った。

私は途端に恥ずかしくなり、目を逸らして早口で返す。

「えと、その、川の字ってやつで……ああ。いや、やっぱり今のなし――」

大胆な言葉をかけてしまい、すぐさまなかったことにしようとしたら、ふいに影を落とされる。ゆっくりと視線を上げると、昴さんの端正な顔が近くにあった。

彼は私を閉じ込めるようにソファの背もたれに両腕を広げ、照明を遮ってこちらを見つめている。

「なしにするの？」

低く艶のある声で問われ、私の心臓は大きな音を鳴らし始める。

「や……嫌とかじゃなくて、昴さんが布団を用意するの大変とか、そういう……」

「全然大変じゃないよ、それくらい」

今度は耳元でささやかれ、たちまち身体中が熱くなる。

咄嗟に耳を手で覆う。昴さんは形のいい唇に弧を描き、小さく笑った。

「そういう顔、航真くんがいるときには絶対にしないよね。だから、可愛い顔する奈子を見たら、俺だけの奈子だって思ってうれしくなる」

彼は私の頭に軽くキスをしたあと、距離を取る。

もっと触れられる――。頬を撫で、額を合わせて視線を絡ませながら、どちらからともなく唇を重ねる……そんな想像を無意識にしていた。

甘い期待をしていた自分に気づき、羞恥心に襲われる。居た堪れない気持ちでいっぱいで、思わず顔を手で覆って目を固く閉じた。

数秒後、ソファの座面が沈む感覚がして、隣に昴さんが座ったのだと悟る。

けれども、やっぱり恥ずかしい気持ちが強くて、なかなか手を顔から外せない。

「奈子。こっち見て」

やさしい声に誘われて、そーっと瞼を押し上げる。

彼がこちらに差しだしている手には、おりがみの蓋つきの小箱。

思わず羞恥心も忘れ、「ふふっ」と笑い声が出た。

「これは、航真とさっき作ったもの？」

「そう。奈子へプレゼント。受け取ってくれる？」

可愛らしい贈り物に相好を崩す。

「ありがとう。折り方が精巧《せいこう》な感じ。やっぱり昂さん、器用で……」

話しながら小箱を受け取ってすぐ、首を傾げる。

「これ、なにか中に入ってる……？」

軽く傾けると、中のものが移動して重心が変わる。

答えを求めて昂さんの顔を窺うも、彼はなにも言わない。だけど、すごく柔らかな目で微笑んでいた。

私は彼に見守られる中、そっと蓋を開ける。

「えっ……」

小箱の中に入っていたのは指輪だった。

予想外の贈り物に衝撃を受け、言葉を失う。

すると、昂さんは指輪を手にし、次に私の左手を取った。

「入れ物は航真くんの案。プロポーズ、手伝ってもらった。一生懸命作ったら、気持ちが伝わるって教えてくれたよ」

そうして、薬指に指輪を通された。

「奈子は航真くんを心のやさしい子に育ててるって、改めてそう思った」

表面にダイヤが埋め込まれた、上品でシンプルな指輪。

指にぴったりとはめられた指輪が、滲んで見える。

昴さんに両手を握られ、そっと視線を上げた。

「素敵な母親で、女性としてもとても魅力的な――枡野奈子さん。僕と結婚してくれませんか？」

航真とふたりの生活になってから、毎日必死で自分の将来をじっくり考える時間はほとんどなかった。

こんなにも心強く、希望に満ちていて、未来を考えていくことが楽しみで仕方がない――。

昴さんと出会う前の私は、こんな想像ひとつもできなかった。

私は目にいっぱい涙を溜めて、震える声で答える。

「……はい」

胸がいっぱいで、それ以上言葉が出ない。

だから、私は言葉の代わりに彼の胸に飛び込んだ。彼はそんな私をやさしく受け止めて、抱きしめ返してくれる。

彼の少し速い鼓動と木漏れ日《こもび》みたいなやさしい温もりに、しばし酔いしれる。

「素敵で魅力的なのは、昴さんのほうだと思ってる」

それは出会ってすぐ抱いた印象ではあった。しかし今は違う。彼の内面を見て、心で触れ合って、実感していること。

「仕事している姿を直接見ることは叶わないけれど、昴さんが慕われているのを間接的にわかっていたし、なにげない瞬間からでも、尊敬できるパイロットだなって感じることがあったから」

「なにげない？　どんなときだろう。ちょっと気になるな」

頭の上に落ちてきたつぶやきを聞き、くすっと笑う。

「前に……シカゴで事故があったときにね。ニュースを見て、航真は絶対に怖がると思ったのに『天気が悪かったんだ』って冷静に言ったの。それから、昴さんは『みんなすてきな旅ができるように、安全にヒコーキ運転してるんだよ』って教えてくれた。あれにはびっくりしたな。いつの間にそんな話をしたの？」

昴さんの胸の中から上目で窺うと、彼はすぐにひらめく。

「ああ。それは初めて三人で出かけた日だったかな。飛行機は怖いのかって聞かれたから、怖いのは天気かもしれないなって話をしたんだ」

「そうだったんだ」

つまり、航真とは二度目に顔を合わせた日のこと。

私はおもむろに身体を離し、彼をまっすぐに見る。

「私、そんなふうに子どもに話してくれる昴さんって、きっと人とも仕事とも誠実に向き合っているんだろうなって感じた。とても聡明で、心のやさしい人だなって」

「いつも周りを見ている奈子にそう言ってもらえるのは、素直にうれしい」

昴さんはそう言って、顔を綻ばせた。

「そのときなんだよ。航真が昴さんと家族になりたいって言いだしたの」

「え？」

「大事な人には『一緒にいたい』って素直に言ったほうがいいことを、本能で知っているのかもしれないなって思った」

私はつけてもらった指輪を一瞥し、昴さんと指を絡ませるように手を繋いだ。

「私も今、航真と同じ気持ち。昴さんは、もう隣にいないことがありえないほど大切な人だから」

ずっと、未婚だからといっても、世間の男性からは好まれない環境下にいるのだと理解し、選ばれないことも承知していた。その程度の〝自分の幸せ〟くらい、航真を前にしたら捨てるのもいとわないと本気で思っていた。

だけど、昴さんが気づかせてくれたのだ。

大切な人の幸せを願うなら、自分も幸せになってこそだということを。

目を逸らさずに、『好きです』と伝えたあの日から。

「大切な人と一緒に、みんなで幸せになりたい」

私の望みを、彼はいつも柔らかな笑みで受け止める。

「うん。なろう」

その微笑みを見るたびに、未来が明るく希望の光に満ちていると自信を持てる。

昴さんは、私がつけている指輪を親指で撫でる。

「来年はクリスマスツリーを買って、あの窓際にでも飾ろうか」

「ふふ、楽しみ。でも……クリスマスツリーを航真と一緒に飾ったり、プレゼントを枕元に置いたりってする時期は、あっという間に終わっちゃうんだろうな」

元々、航真は年齢よりもしっかりしている。さらに最近ではひとりでできることが増えてきて、うれしい反面ちょっと寂しいと思った感情がぶり返す。

「寂しい気持ちはわかるけど、今はまだ楽しいひとときを大事にすごそう」

「そう、ね」

無意識に俯いていたらしい。ふいうちで手の甲にキスをされて、そのことに気がついた。

昴さんは、にっこりと口角を上げる。

「航真くんが大人になっても、ふたりでクリスマスツリーを飾ろう。それでどこかでディナーを楽しんで、帰りはこうして手を繋いでイルミネーションを眺めて歩いて、キスをする——そんなデートをするのはどう？」

ひとりだったら切なくなるばかりの未来。それがふたりになると、こうも前向きで楽しみな気持ちになれるなんて、最高だ。

私たちはお互い笑顔を交わし、どちらからともなくキスをした。

面映《おもは》ゆい気持ちで彼の双眼を見つめ、胸に灯った新しい未来を噛みしめる。

「たくさん楽しみがあるって素敵だね」

幸せな気持ちがあふれ、私は再び昴さんに抱きついた。

最愛の人から受け取った聖夜のプロポーズは、何十年先もずっと、私の中で希望の光となって輝き続ける。

——数年後。

「ただいまー」

「おかえり。あ、航真ったら。きちんとランドセルは棚にしまって」

「手を洗ってからやるー！」

航真は小学校に入学し、今はもう二年生。すっかり学校にも慣れた様子で、毎日元気に登校している。

私たちは、あのクリスマスイブの翌年春に、予定通り昴さんのマンションへ引っ越した。それに伴い、婚姻届も提出した。晴れて私たちは家族になったのだ。

そして、家族はもうひとり。

航真は手を洗ってランドセルを棚に置いてすぐ、私に駆け寄ってくる。

「おーい、帰ってきたよ。寝てる？」

「んー、どうかなあ。でもずっと静かだったから、そろそろ起きるのかも」

ソファに座っていた私は、自分のお腹を撫でる。腹部に航真の手を誘導し、一緒になって静かに待っていると、ぴくんと反応が返ってきた。それから、頻繁に動くようになり、手のひらに振動が伝わってくる。

「うわ、めっちゃ元気。やっぱ弟だ」

航真は興奮気味にそう言った。

お腹の子の性別は、まだわかっていない。現在妊娠八か月。本来ならもう少し前からわかるものらしいが、お腹のこの子はどうやらまだ秘密にしていたいみたい。

実は結婚した直後、私と昴さんとの間で、すぐに子どもを設けるのはやめておこうと話し合っていた。理由はお互いの仕事や生活云々ではなく、航真を第一に考えようという私たちの意思が一致していたのだ。

航真は聞き分けのいい子だ。だからこそ、もしも完全に三人家族に馴染めていない段階で兄弟を授《さず》かってしまったら、子ども心に遠慮することを覚えてしまうのではと心配したのが一番の理由。

こういう問題も、私のような家庭の事情を持つ相手でなければ、本来起きないもの。なのに、昴さんだけでなく、昴さんのご両親も私たちの意見を尊重し、航真に寄り添ってくれた。

それは、本当に奇跡のようなことで、とても恵まれていると感じる。

そうして、三人での生活を送り始めてもうすぐ二年が経つといったある日、突然航真に言われた。

『ぼくにも、きょうだいってできるの？』と。

きっと、学校で周りの友達に兄弟がいて、そんなふうに考えたのだろうと思った。

航真の質問の真意がまだわからなかった私は、慎重に答えを選んだ。

単純に兄弟がいたらいいなと思ったのかもしれないし、逆に兄弟ができるかもしれないことへの不安を持っているのかもしれないと考えたから。

『どうかな。航真が会いたいと思ったときには、来てくれたらうれしいね』

そんなふうに返して以降、航真にささやかな変化が起きた。おりがみにしても、おやつを選ぶにしても、自分よりも小さな子を意識しているのが伝わってきたのだ。

航真を見つめ、少し前を回想していると、リビングのドアが開いた。

「ただいま。ああ、航真ももう帰ってきてたんだな。おかえり」

昴さんが仕事から帰ってきた途端、航真は笑顔で飛びつく。

「ただいま、おかえりー。ねえ、お父さん！　宿題一緒にやってほしい～」

「いいよ。ちょっと待ってて」

昴さんは疲れているはずなのににこやかに承諾し、一度洗面所に去っていった。

「もう航真。まずは自分で考えるんだよ？」

「わかってるよ～。ちゃんと先にできるところやるもん」

私の小言《こごと》になんか動じない航真は、すまし顔で宿題の準備を始める。

再び戻ってきた昴さんは、宿題と向き合う航真を見て、くすっと笑う。それから、私のほうへやってきた。

「おかえりなさい。今日もお疲れ様でした」

すると、昴さんは私の隣にゆっくりと腰を下ろす。

「うん、ありがとう。奈子の体調は？　最近お腹が張るって言ってたから心配で」

「今は平気。お腹が張ったら、ちゃんと休むようにしてるから」

「そう。もし俺がいないときになにかあれば、侑李のところや、瑞恵さんに頼らせてもらって。もちろん、実家でもいいし」

「うん。そうする」

頼れる人がたくさんいる。本当に幸せなことだと、心の中で感謝する。

昴さんも、いつでも航真のことや私のことを気にかけてくれている。仕事で会えない日は確かに多いけれど、心は十分に支えられていた。

「ねー、見て。今日習った漢字！　これ、弟の名前にしたい！　ハレルくん！」

ローテーブルについていた航真が、突然私たちに開いたノートを掲げて見せる。そここには、【晴】という文字がいくつも書かれていた。

「んー。ハレル……よりは、セイくんとかハルくんが呼びやすいかな～？」

「なら、ハルくん！」

私のアドバイスを受けるなり、航真は得意げに「決まり！」と言った。

自分のノートをニンマリ顔で眺める航真に、昴さんは穏やかな口調で指摘する。

「だけど、まだ妹か弟かわからないだろう？」

「ぼくは弟がいいんだもん」

なにかの影響を受けてなのか、航真は私が妊娠したことを伝えて以降、ずっとそう言っていた。

もちろん、私は航真の言動に嫌悪感など抱いていない。ひとつ懸念していることといえば、もし女の子が産まれたらがっかりするのだろうかというところ。

昴さんはソファから立ち、航真のそばへ移動する。そして、膝を折り、やさしく目を細めた。

「そうか。でも、男の子でも女の子でも、どちらであっても俺たちの家族に変わりない。だからまずは、健康に、無事に産まれてきてくれるように祈ろう。赤ちゃんも航真が笑って『初めまして』って迎えてくれたら、うれしいと思うよ」

航真は普段も私の話をきちんと聞いてくれるけれど、なんとなく昴さんの話はより真剣に聞いている気がする。

航真の中で、昴さんはすっかり父親で、さらには尊敬する人なのかもしれない。

「ぼくたちの家族……うん！　ぼく絶対笑いかけるよ！　会えてうれしいもん！」

「そうだよな。じゃあ、宿題を終わらせたあとは、お母さんと赤ちゃんのために俺と航真で今夜の夕食の用意をしようか」

「わかった！　お母さん、なにが食べたい？」

どこまでも素直な航真に笑みがこぼれる。

「うーん。なにがいいかな。野菜がいいかなあ」

「だったら、温野菜はどう？　航真、人参とかじゃがいもとか皮むきできるよな？」

「できるよ！　切るのもぼくがやる！」

宿題も料理も楽しそうにしているふたりを眺め、心が幸福感で満ちていく。

そうして、我が家にやってきた新しい家族は『千晴《ちはる》』という女の子。

初めこそ緊張していた航真も、冬休みの間ですっかり慣れ、今では家族一、千晴を溺愛《できあい》している。

小さな命を三人で囲む、毎日幸せな時間が流れていく。
この温和な日々が、一日でも長く続いてほしいと心から願っている。
そばにいる大切な人と、手を取り合って。

番外編　青い空の下で

航真が小学校に入学し、二度目の春を間近に控えた三月末。

私たちは今、夜の空港にやってきている。

「航真、飛行機に乗る前にトイレに行っておこうか」

「うん。お母さん、リュック持ってて～」

私は航真のリュックサックを受け取り、手を繋いで歩いていくふたりを見送る。

私たち三人が戸籍上〝家族〟となってから、もうすぐ二年。

月日が経つにつれ、昴さんは『航真』と呼ぶようになり、航真もまた昴さんを『お父さん』と呼ぶようになった。

私と昴さんが結婚する前から、航真はすでに昴さんに心を開いていたみたいだったから、呼び方も自然とそうなった。〝家族になろう〟と誰かが強く意識することなく、私たちは一緒にすごし、その日々が今日に繋がっている。

そして、初めての家族旅行。

今回、旅行の計画が持ち上がったきっかけは、義兄の両親をはじめ、小松さんや瑞恵、そして侑李さんら周囲の声だった。

私と昴さんは結婚式を挙げていない。みんなから打診されるたび、なんとなく気恥ずかしくて、私がやんわり断っていた。昴さんからも同様に言われたけれど、自分が主役になり、ドレス姿で人前に立つのは照れくさくて。

そんな私たち夫婦を見かねてか、みんなから『だったら、せめて新婚旅行にでも行くのはどう？』と言われたのだ。

私たちは、これまで家族で日帰り旅行はしてきたけれど、泊まりでどこかへ行くことはなかった。

昴さんは休みの多いシフトではあるものの、私は変わらず仕事が忙しかったという理由はある。加えて、航真の保育園行事や、卒園・入学の準備など怒涛《どとう》の日々で、気持ち的にもゆっくりできなかった。

それが一段落し、航真も学校に慣れたであろう二年生を迎える直前の春休みを利用して、旅行しようと昴さんとふたりで決めた。

私たちは航真を置いていくつもりは毛頭なかった。だから、新婚旅行ではなく、家族旅行の計画を立てたというわけだ。

行き先はオーストラリア。せっかくなら少し足を延ばそうか、などと話し合っている流れで、航真がコアラやカンガルーに興味を示したのが決め手になった。

『オーストラリアなら、時差も日本と一時間しかないから航真の負担も少ないかもね』と、昴さんが教えてくれたのも後押しになった。

「お母さーん！　もうすぐ乗れるって！」

航真が走って戻ってくると、喜色満面《きしょくまんめん》でそう言った。

「そうだね。ドキドキする？」

「うん。ものすご～く楽しみ！」

家にいたら、もうそろそろ布団に入る時間なのに、航真は目を輝かせてすっかり眠気なんか忘れているみたい。きっと、興奮してそれどころじゃないんだろう。

「航真。夜のフライトは格別だよ。都会の夜景がキラキラしてて」

「へーっ！　早く乗りたいな～」

昴さんの言葉で、航真の瞳こそキラキラしている。

「航真ってば。興奮しすぎて機内で寝られなくなって、ケアンズに到着したあとにずっと寝てたりして」

「どうかな。夜の機内は暗くて静かだし、大丈夫とは思うけどね。時差の影響はあまりないから、きっと明日も元気にすごせるよ」

私のぼやきに、昴さんはやさしい笑顔で答えてくれた。

その後、まもなくして搭乗が始まる。

機内は三つ並んだシートが三列あるタイプ。まずは航真を窓際に座らせ、私が間に腰を下ろした。通路側が昴さん。

航真はシートベルトをしめるや否や、窓に張りつく勢いで外を見ている。数分後、目の前にあるモニター表示が変わった。機内安全ビデオだ。

なにげなく眺める私を挟んで、昴さんは航真へ声をかける。

「航真。一度、画面を見て。大事なことを話しているから」

航真はきょとんとしつつも、言われた通り、モニターに意識を向ける。

『ご自身の座席から一番近い非常口をご確認ください。また、ドアには脱出用シュートが装備されております』

『緊急の際には客室乗務員の指示に従ってください』

『なお詳しいことにつきましては、前の座席のポケットにございます、安全のしおりをご覧ください』

一連の流れの映像を、私たちは静かに見終える。すると、外国人のＣＡさんが前方に立ち、受話器を持った。

『皆様、こんばんは。この飛行機はASS航空、ケアンズ行きでございます』

とても流暢《りゅうちょう》な日本語に感嘆しつつ、しばらくアナウンスに耳を傾ける。

その間、飛行機は滑走路へゆっくり移動を始めた。

「飛行機、動いてる?」

「動いてるね。このあとすごいスピードで走って、飛ぶんだよ」

航真にそう説明しているときにも、徐々にスピードが上がっていく。この『いよいよ』といった雰囲気に、私もなんだかドキドキしてきた。

――瞬間。バチン! と機内になにか大きな音が一度響いた。

不思議に思ってあたりを見回すと、乗客のほとんどが私と同じ反応を示している。

「昴さん……? 今のって」

昴さんは真剣な顔つきで機内の後方から前方へと確認し終えたあと、冷静な声でささやく。

「奈子。航真とハンカチで口を覆って。低い姿勢を取って」

「えっ」

昴さんの指示を聞いても、すぐに動けない。そうこうしているうち、心なしか焦げたようなにおいがする気がした。

慌ててハンカチを二枚取り出し、航真に渡して口にあてがう。気づけば『においがする気がした』どころか、煙がはっきり見えるようにもなってきた。

「Head Down!!（頭を下げて!!）」

後方のCAさんが大きな声で促すと、機内は一気にどよめく。私もきっと、隣に昴さんがいなかったら大きく動揺していた。

「Please stay calm.（落ちついて）皆さん、衝撃防止の姿勢を！」

別のCAさんも、乗客に声をかけて回っている。

不安なあまり、無意識に顔を上げて周囲を確認していたら、背中に手を置かれる。

「大丈夫、落ちついて。幸いまだ飛んでない。低い姿勢を保って」

昴さんの声でどうにか冷静さを取り戻す。航真を見れば、背中を小さく丸めていた。

私はその背中を右手で抱き寄せ、寄り添いながら下を向く。

「今、チーフパーサーとキャプテンたちが状況整理して、判断をするはず――」

『Evacuation,Evacuation!（退避、退避せよ！）』

昴さんの言葉尻に被せて、機内アナウンスが流れた。

英語でのアナウンスを理解する前に、CAさんが大声を出し始める。

「機内から脱出します！　順番にご案内しますので、指示に従ってください！」

気づけばどこからかの煙で視界もうっすら悪くなる中、ＣＡさんの凛とした声はしっかり届いた。

緊張が走る場面で、『慌てない。落ちつけ』と自分に言い聞かせていると、ポンと肩に手を置かれる。

「奈子は航真を連れて、機長や客室乗務員の指示に従って脱出するんだ」

昴さんは言うや否や、自分のシートベルトを外した。

「えっ？　昴さんは？」

「俺は避難誘導のフォローに回る。心配しなくていい。俺たちは日頃から訓練を積んでいる」

「でも！」

ここまで必死に冷静でいるように努めていられたのは、隣に彼がいたから。

心細さと相まって、一気に不安が大きくなる。気づけば中腰になった昴さんのシャツを掴んでいた。

昴さんはその私の手を握り、顔を寄せた。

「奈子。航真が不安になる。頼むから、言うことを聞いて。俺を信じて」

昴さんに言われ、はっとする。

隣には航真がいる。私は自分の感情よりもまず、航真を守らなきゃいけない。

私が少し落ちついたのを察したのか、彼は一度頷き、今度は航真に声をかける。

「航真。さっき、モニターで見たこと覚えてるよな？　客室乗務員とお母さんの指示に従って、慌てないで飛行機から降りるんだよ。俺はあとから行くから」

「や、やだ。お父さんも一緒に行こうよ」

私と同様、航真も不安からものすごく怯えている。

このまま航真がパニックに陥ったら、私ひとりでどうにか対応できるだろうか。もう幼稚園児ではない航真を抱きかかえて……いや。でも今はできるかどうかじゃない。やらなきゃいけない。

私が覚悟を決めたとき、昴さんが航真にいつもと同じやさしい声音で語りかける。

「航真にこっそり教えるよ。航空業界には〝九十秒ルール〟っていうのがある。九十秒以内に乗客を全員脱出させるというルールだ」

「九十……？」

航真が震える声でつぶやいたあと、昴さんは凛々しい顔つきで首を縦に振る。

「そう。九十秒後――。必ず航真たちのところへ行く。だから、安全なところで待ってて。約束」

航真は眉根を寄せるだけで、泣かずに「うん」とだけ返す。

昴さんが笑顔になった、そのとき。

「非常口付近のお座席の方は、お手伝いをお願いします！」

数列前方の非常口の前で、ＣＡさんが叫んでいた。

しかし、非常口付近に座っていた男性は、混乱してそれどころではないのか、席を立ったもののおろおろとしている様子だった。

煙が立ち込めてきて、私は再び航真と低い姿勢を取る。

「俺がやります。すみませんが、代わりに脱出シュートを降りたあと、下で補助をしてください」

声でしか判断できないものの、どうやら昴さんはそこへ向かったみたいだ。

「ほ、補助ってなにをすれば……！」

「ご年配の方や女性、小さい子など、降りるときに転んで怪我をしてしまうので、手を取ってあげて。お願いします」

「わ……わかった」

話がまとまってすぐ、ＣＡさんの声が響く。

「ありがとうございます！　それでは、手荷物は持たず、ヒールは脱いで！　両手を前に突き出すようにして、順番に脱出してください！」

私と航真の脱出ルートは、ちょうど昴さんが立っている場所だ。

順番が来ると、昴さんは私たちを安心させるためにやさしい声を出す。

「ほら、行って。転ばないように、気をつけて」

そうして、私は後ろ髪を引かれる思いで昴さんに背を向け、脱出シュートに向かって飛んだ。脱出できたあとは、機体からなるべく遠くへ行くため、乗客みんなで走って滑走路から離れていく。

私は航真の手を引いて、夜の暗い空の下、明かりのあるターミナルへ急いだ。

後ろを振り返ると、機体の中央あたりの下部から煙が出ているようだった。

機体から四、五百メートルほど離れた場所で、多くの乗客が足を止め始める。私も自然とそのあたりで立ち止まり、機体のほうを見つめ続けた。

次々と人がこちらに向かって走ってくる。暗くてはっきりわからないけれど、昴さんはいない。

どうか、無事に脱出してきますように……！

そう強く願うたびに、航真を抱きしめる腕に力が入ってしまう。

「お母さん……」

航真のつぶやきに言葉を返す余裕もなく、そのまま祈るように抱きしめ続ける。

数分して、駆け寄ってくる人の影が途絶えた。

ハラハラしつつ、注視を続けていると、また数名の影を捉えた。

服装の雰囲気や髪型からして、あの人たちはCAさんたちだ。じゃあ、あの中に昴さんが……！

CAさんが私たちのもとに合流し始めた。しかし、昴さんの姿はまだない。

目を凝らして滑走路を見ていると、三人繋がったような人影を確認できた。

その影は徐々に近づいてくる。姿を現したのは、長身の男性三人。パイロットの制服を着た年配の外国人男性を、昴さんともうひとりのパイロットとで支えていた。

「お父さん！」

航真は私の手から離れ、昴さんのもとへ駆け寄っていく。

昴さんはちょっと咳をしていたけれど、怪我などはなさそうで、ほっとした。

彼は航真の頭を撫でて、笑って見せる。

「航真。言うこと聞いてくれて、えらかった」

航真は昴さんをじっと見つめたあとに、こくりと頷く。

「怖かったけど、お父さんを見て……頑張った」

ふたりの様子を近くで眺めながら、本当にみんな無事でよかったと涙を浮かべる。

すると、今度は昴さんが支えていたパイロットの男性が航真に話しかける。

「Your dad is so talented and brave!（君のお父さんはとても優秀で勇敢だ！）」

航真は男性の言葉を理解できなくて固まる。私も同様に、突然のことで聞き取れず、最初の〝Your dad〟くらいしかわからなかった。

そこをすかさずフォローしてくれたのは、もうひとりのパイロットの男性。

「要するに〝君のお父さんは最高だ〟ってさ」

航真は通訳してもらった途端、誇らしげに答える。

「うん。ぼくのお父さんは最高なんだ！」

そのときの昴さんは、めずらしく少し照れくさそうに笑っていた。


そうして、事故の翌々日——。私たちはオーストラリアにやってきていた。

あのあと、運よく翌日のフライトに振り替えることができたのだ。

本来の日程より少なくはなってしまったけれど、パッケージツアーにしなかったことが功を奏した形だ。行程の融通はいくらでもきくため、航真が楽しみにしていた動物との触れ合いや、シュノーケリングを楽しむことができた。

明日は早くも最終日。ゆっくり観光できるのは今日が最後だ。

ホテル内のレストランで朝食を軽めにすませ、午前中はショッピングモールに出かけた。お世話になっている人たちへのお土産を購入したあとは、モール内のお店でランチをとった。

「一度ホテルに戻って荷物を置いてくるんだよね？　そのあとはどうしようか？」

私はスマートフォンを手にし、メモアプリを開いて事前に挙げていた気になる観光地リストを確認する。

「ああ。それなんだけど、航真と話してビーチを散策しようかって。な？」

航真は、なんだかとても楽しみとでもいった顔で「うん！」と元気よく頷いた。

「そうだったんだ。海に入らず散歩でいいの？」

「いい。ぼく、海には入らなくても大丈夫。ごちそうさま！」

航真がご飯を食べ終え、私たちはショッピングモールをあとにする。タクシーに乗り込んで、まずはホテルへ移動した。

ホテルへ到着すると、荷物を部屋に置くなり、航真に手を引かれる。

「お母さん、早く行こ」

「ふふ、わかった。行こう」

航真がずいぶん楽しみにしているようで、思わず笑いがこぼれた。

部屋を出て、三人でエレベーターに乗るとすぐ、航真が『3』のボタンを押した。

「航真？　エントランスは一階だよ」

「いいの」

航真の言動に困惑し、昴さんに目で助けを求める。しかし、彼もなんだか様子が変で、なにも言わずその行動を受け入れているようだった。

「え……なに？」

疑問を口にしたときに、三階に到着する。私はよくわからないまま、昴さんのあとを追う航真に手を引かれて歩く。

ふたりは途中、アイコンタクトを交わし、なにか示し合わせている様子だった。

昴さんに問いかけようとした瞬間、ガラス張りの部屋が目に飛び込んできた。

ガラス越しに見えるのは、綺麗なブーケと純白のウエディングドレス。

「結婚式を挙げよう。三人で」

驚きが大きすぎて言葉が出てこない。

戸惑う私に、昴さんはふわりと微笑みかける。

「勝手にごめん。奈子は自分を優先するのがまだちょっと苦手そうだったから。ドレ

ス は俺たちで選んでみたんだ。気に入ってくれるといいんだけど……な、航真」

「絶対似合うよ！」

自信満々に宣言する航真を見て、涙腺が緩みそうになる。

「衣装スタッフは日本人だから安心して。俺たちも着替えて準備するから」

そうして、ウエディングドレスのディスプレイを横目に、一段と明るい照明のブースに足を踏み入れる。私だけ奥の部屋で着替えとメイク、ヘアセットをして、約一時間後にふたりと落ち合った。

「わあ、航真。すっごく似合ってる。カッコイイ！」

航真はチャコールグレーのチェック柄のスーツを着ていて、思わず抱きしめたくなった。小学校入学のときとはまた少し雰囲気が違う衣装で、ネイビーの蝶ネクタイがとてもいい。髪型もセットしてもらって、ぐんと大人っぽくなった印象を受けた。

「お母さんも、やっぱり似合ってる。だって、お父さんとぼくが選んだからね！」

「そう……？　スカート自体あまりはかないから、なんか恥ずかしいな」

近くの窓ガラスに映る自分を見る。

ノースリーブのエンパイアドレスは、ミニマルデザイン。シンプルなデザインで、動きやすいし華美な装飾などもないから、そんなに抵抗なく着られた。

「昴さんは？」

「ぼくにエスコートを任せるから、よろしく頼むって。はい！」

そう話す航真は、軽く曲げた腕を差しだす。その様があまりに可愛くて、戸惑いや緊張も解れ、たちまち笑顔になる。

私は航真と腕を組み、スタッフのあとを黙ってついていった。

外に出てホテルの敷地内を少し歩くと、海辺が見える最高のロケーションに位置するチャペルにたどり着く。

入り口前でスタッフさんにベールを下げられ、ワックスフラワーやミモザなどをあしらったブーケを受け取る。次の瞬間、目の前の扉が開いた。

チャペル内もガラス張り。空や海が一望できて、まるで外にいるような解放感だ。

バージンロードの中央には、落ちついたシルバー色のフロックコート姿の昴さんがこちらを見て立っていた。

「お母さん、行くよ？」

航真から合図をもらい、並んでバージンロードを歩いていく。

一歩ずつゆっくり進むにつれ、ドキドキが増していく。これまで味わったことのない、小気味のいい緊張感を抱きながら、昴さんのもとへ近づいていく。

バージンロードの中間で、航真は私の手を離した。一瞬、寂しさを覚えて航真に視線を送るも、航真はにっこりと笑って「転ばないようにね」と小声で言った。

私は小さく頷き、ベール越しに昴さんと目を合わせ、今度は彼の腕に手を添えて歩き出す。

どうしよう。また緊張が大きくなってきた。だって私、英語は詳しくないし、このあとの流れも知らないけど、大丈夫なのかな。

神父さんの前で足を止め、昴さんから手を離す直前、ちらりと彼を窺う。すると、さながら『心配ない』とでもいった顔で微笑みを返された。

「Please take your vows.（誓いの言葉をどうぞ）」

神父さんがなにを言ったのか、やっぱりきちんと理解できない。雰囲気から、私たちがなにかをしなければならないのだろうと思うけれど……。

不安なまま立っていると、昴さんがこちらに身体を向けた。それに倣《なら》って向き直る。ベールの向こうの昴さんは、とても真剣な眼差しで私を見つめた。

「わたしは生涯において、奈子と、航真の笑顔を第一に、ふたりを愛し続けることと――家族全員で幸せになることを、ここに誓います」

難しい英語でもなく、よく耳にする定型の誓いの言葉でもない。
私たちだけのための誓いの言葉に、緊張もなにもかも忘れて、胸の奥が熱くなる。
すると、自然と私も言葉が出てくる。
「……私も。昂さんを心から愛し、支え――」
ふいに、近くのベンチに座っていた航真に顔を向けた。
私が手のひらを差しだすと、航真はおずおずと私のもとへやってくる。
航真の頭を撫で、昂さんへ視線を戻す。
「あなたと、航真と……ずっと笑ってすごしていくことを、誓います」
そうして昂さんが私のベールに両手を伸ばし、粛々とベールアップをする。
誓いのキスを頬に贈り合い、そのあとに、私たちから航真へと贈った。
航真はさすがに照れくさい年頃だったのか、私たちに背を向けてしまったけれど、
昂さんが航真を抱き上げて三人で笑い合う。
チャペル越しの空は、とても青くて清々しかった。

その夜。ホテルのソファで、航真がスマートフォンで撮ってくれた画像を眺める。
航真は旅行の疲れが出たのか夕食も少ししか食べず、すでに寝落ちしてしまったた

め、昴さんが航真をメインベッドルームに運んでくれているところだ。

昴さんが用意してくれたホテルは贅沢《ぜいたく》な部屋で、メインベッドルームとサブベッドルーム、キッズルームと三部屋もあった。さらにリビングにバルコニー、洗面台はふたつ……といったロイヤルスイートルームだ。

昴さんいわく、少しでも航真がストレスを感じず、普段と変わらずに寝泊まりできるかと思ってこの部屋を予約してくれたらしい。『七時間も狭い機内でじっとしていなきゃならないからせめて』、と。

おかげで航真は観光のあとホテルに戻ってくると、まるで我が家に帰ってきたかのようにリラックスしていたと思う。

クッションを前に抱え、今日の写真を見ていたら昴さんが戻ってきた。

「熟睡だったよ」

「やっぱりそうだよね。連日朝から夜まで遊び尽くしてるし、環境の変化の疲れも出るだろうし。あ、ベッドまで運んでくれてありがとう」

昴さんはニコッと微笑んで、私の隣に座る。

「楽しくて、あっという間だったね。それに、まさか結婚式まで準備してくれてるなんて思わなかった。本当にありがとう。一生の思い出になった」

スマートフォンの中の、正装した家族写真を眺め、自然と顔が綻ぶ。

「航真が手伝ってくれたから実現できた。出会ったときから落ちついていて、利発な子だなあと思ってたけど、航真の心のやさしさにはいつもこっちが救われる」

柔らかな口調でそう話していた彼が、ふと表情を曇らせる。

「……航真じゃなきゃ、あんな事故を経験したあとに仕切り直して、すぐ飛行機に乗るだなんて判断はしなかったんじゃないかな」

私は黙って昴さんを見る。

「不測の事態っていうのが起きる可能性は、正直いつどんなときでもある。たとえ整備や管制官、パイロットや客室乗務員……みんな最高の仕事をしていたとしてもね」

似た言葉を航真に話していたのは、記憶に新しい。

今回の旅行初日に見舞われた事故は、空気圧系統の故障によるものだったと昴さんから聞いた。あの日は自宅に戻り、翌朝になって昴さんは航真と真正面から向き合って話をしていたのだ。

『不測の事態は飛行機に限らず、どんなことにも起こりえる。だけど、覚えておいてほしい。そういうときこそ落ちついて、周りを見て。それで、みんなと助け合って乗り越える手段を常に持っておくことを』――と、昴さんは伝えていた。

神妙な面持ちで黙っている航真に、彼はさらに続けた。

『とはいえ、飛行機には無理に乗らなくてもいいから。……ただ、これは俺の個人的な願いだけれど……できれば嫌いにならないでくれたらうれしい』と。

昂さんはきっと、あのときの航真を思い返しているのだろう。ぼんやりと正面に視線を送りながら、苦笑する。

「まだ小さい航真には難しい話だよな。それに正直、もう航真は飛行機に対してネガティブな感情が植えつけられてしまったと思ったよ。だから……本当に驚いたんだ。あの事故の翌日に、『行く』と航真が答えたことは」

私は航真が寝ているベッドルームの方向に顔を向ける。

「私も『無理しなくても今度また乗れるよ』って言ったんだけどね。大人の私だって、昂さんがいなかったら、きっと今回の旅行は見送ってた。不安が拭えなさそうで」

ゆっくり顔を戻す際、昂さんと目が合った。

「もしかして俺たちの結婚式があるからって……無理したんじゃないかとも考えた」

私は責任を感じている昂さんに微笑みかける。

「見て」

今日の私たち三人がとびきりの笑顔で写る、スマートフォンの画像を見せる。

「初めに迷いはあったかもしれない。でも、この笑顔を見れば、きっと楽しい思い出のほうが航真の中に色濃く残る旅行になったんじゃないかな」

なんとなく、あのまま旅行を中止していたほうが、トラウマみたいに残っていたかもしれないとさえ思う。

「あのトラブルも……昴さんをはじめ、スタッフの人たちの日頃の訓練と努力と、乗客を守るっていう強い責任感と仕事への誇りが、逆に航真にとって心強いものとして残るきっかけになればいいなと願ってる」

「ああ……。そうだといいな」

昴さんは祈るような声で、そうつぶやいた。

「……こんなこと言っちゃだめなの、わかってるけど」

「ん？　なに？」

私の顔を覗き込む昴さんを、ちらりと上目で見る。それから、ふっと目を逸らし、小声で答えた。

「普段は絶対に昴さんが仕事をしている姿を見られないから。その部分だけは、ちょっと……うれしかったというか。想像以上に頼もしくて、かっこよかったなって」

本音を吐露したものの、やっぱり不謹慎だったと思って慌てる。

「その！　無事だったから言えることなんだけ、ど」

フォローの言葉とほぼ同時に、抱きしめられた。昴さんの胸に頬を預けていると、ドクドクと早い心音が感じられる。それはどちらの心音かわからない。

「俺も、日頃こんなこと考えながら仕事なんか絶対してないんだけど……奈子にそう思われるのはうれしい」

おもむろに彼の顔を見つめる。熱い眼差しを向けられていると認識した直後、唇が落ちてきた。初めは数回、軽く重ねるだけのキス。けれども、だんだん唇が重なる時間も長くなり、次第に深く求められる。

「ふ……っン、ン……ッ」

甘いキスに酔いしれる私は力も入らない。気づけばソファに押し倒される体勢になっていた。私を真上から見下ろす昴さんは、急にぎくしゃくと顔を横に背ける。

「……ごめん。止まらなくなるとこだった」

彼の耳がうっすら赤いことに気づく。

さっきの心音だって、絶対に私だけじゃなくてふたりのものだった。

私は彼の頬に手を伸ばす。

「だめなの？」

「え――」

驚いて目を大きくしている昴さんを前に、私はごにょごにょと言い淀む。

「だって……結婚式の夜は、一生で一度しかないかなって……」

自分がこうやってねだって甘えるなんて。彼と出会わなかったらありえなかった。

もっと触れ合いたい気持ちは本音とはいえ、さすがに恥ずかしくて咄嗟に手を引っ込める。しかし、昴さんは私の手を逃がすまいと掴んできた。

そして、緩やかに口角を上げる。

「そんな可愛いこと言われるとは思わなかったな」

私は手をくいっと引かれ、上半身を起こした。それから瞬く間に抱き上げられる。

昴さんは立ち上がった拍子に、至近距離で艶っぽく微笑む。

「今日のウエディングドレス姿、すごく綺麗だった」

「あっ、あれは……衣装とメイクがよくて」

「今、目の前にいる奈子も綺麗だよ。ああ、明日の朝の予定はゆっくりめに変更しようか。航真も休ませたいし。俺も……たぶん、今夜は奈子を離せないから」

その甘いセリフに身体が熱くなり、声も出せない。代わりに、と彼の首に両腕を巻きつけた途端、再びキスが落ちてくる。

もうひとつのベッドルームをこんなふうに使うなんて頭になかった。だから、背徳感に似た感情を抱いてしまう。

でも、やっぱりそれ以上に——。

「昴さん、大好き。結婚式……本当にありがとう。今日の日を、ずっと忘れない」

いつでも、心から彼を求めてる。

「俺のほうこそ。奈子、俺を選んでくれてありがとう。愛してるよ」

想いを言葉にして伝えるのって、照れくさい。

だけど、勇気を出せば大好きな人の極上の笑顔が見られる。

そうすれば、お互いに胸の中が幸せでいっぱいになるって、もう知っているから。


二日後。無事に帰国し、自宅に到着したのは午後八時頃だった。

帰り道で買ったお弁当をみんなで食べながら、なにげなく航真に質問する。

「航真は今回の旅行で、どこが一番楽しかった？」

コアラと触れ合えたことだろうか。それとも、初めての海水浴だろうか。

頭の中で予測を立てている間、航真は「んー」と考え込んでいた。

あまりに長考するものだから、そろそろ無理して答えなくてもいいと声をかけようとした、そのとき。

「みんなで着替えて写真撮ったこと！」

まさか結婚式を一番に挙げてくれるとは思わず、目を丸くする。

「お母さんも。三人の写真と、この航真が撮ってくれた写真は宝物になった」

スマートフォンの待ち受け画面を見せて、笑い合う。

「あとはねー。楽しくはなくて怖かったけど、お父さんがかっこよかったこと！」

航真がニコニコ顔で答えたことに驚きを隠せず、思わず昴さんと目を見合わせた。

「ぼく、お父さんと一緒に働きたいな～」

航真はそう言って、再びお弁当を美味しそうに口に運ぶ。

本当に思いがけない反応で、感情がめまぐるしい。

飛行機に対する印象が悪くなっていないことへの安堵。それと、昴さんと一緒に働きたいとまで話す航真の将来が楽しみで、わくわくしているのかもしれない。

「そう。もしパイロットになったら、今回みたいにいろんな国に行けるね」

「うーん。いや。ぼくは、飛行機を作ったり直したりする人になりたい」

さらに、予想の斜め上をいく回答に、私は完全に箸を持つ手が止まった。

すると、斜向かいに座っていた昴さんが口を開く。

「整備士か。航真は手先が器用だから、ぴったりな仕事かもしれないな」

「ぴったり？　ほんと？」

航真は昴さんの言葉を受け、より明るい表情を見せる。

「ああ。家の中だけでなく、仕事のときでも航真とチームワークを発揮して一緒に働くのが今から楽しみだ」

そうして、温かい雰囲気のまま、三人で夕食を楽しんだ。

すくすくと育つ航真を横目に、姉夫婦に思いを馳せる。

来週末には、オーストラリアのお土産を持って、みんなでお墓参りに行こう。

『航真は毎日元気に、とても素敵に成長しているよ』と、伝えたい。

空の上にいる姉は、きっとこんなことを言うだろう。

『有限の時を、みんなでめいっぱい幸せにすごしてね』——と。

おわり

あとがき

今回はいつもよりも増ページでお送りいたしました。最後までお読みくださり、ありがとうございます。お疲れ様でございました（笑）。

ページが多かったからということだけでなく、今回はいつにも増して主要キャラクター全員に愛着が湧いております。それぞれに感情移入しまくりでした。

誰かを大切にしたいと思うことで、強くなれるし、また弱くもなってしまう。そんなキャラクターたちが、愛おしくて仕方がなかったです。

どのキャラクターも、大きな決断を経て前に進んでいましたね。なにかを選択し、一歩踏み出すことは勇気のいることと思います。

私も今作のキャラクターたちに背中を押してもらう気持ちで、引き続き頑張っていこうと思います。これからも、温かく見守っていただけたら幸いです。

宇佐木

マーマレード文庫

シングルマザーに恋した情熱パイロットは、過保護な独占愛を隠せない

2025年4月15日　第1刷発行　定価はカバーに表示してあります

著者　宇佐木　©USAGI 2025
発行人　鈴木幸辰
発行所　株式会社ハーパーコリンズ・ジャパン
東京都千代田区大手町1-5-1
電話　04-2951-2000（注文）
0570-008091（読者サービス係）
印刷・製本　中央精版印刷株式会社

ISBN-978-4-596-72941-5

m a r m a l a d e b u n k o